플랫랜드

FLATLAND

플랫랜드

에드윈 A. 애벗 지음 | **서민아** 옮김

P 필로소픽

스페이스랜드의 주민들과
특별히 H. C.에게
이 책을 바친다.
이제껏 2차원 세계만을 알고 살아온
어느 미천한 플랫랜드 출신자가
3차원 세계의 신비를 접했을 때처럼
이 거룩한 세계의 시민들도
4차원, 5차원, 아니 6차원의 비밀에 이르기까지
더 높고 높은 세계를 염원하길.
그리하여
그들 입체 인류의 탁월한 인간종들이
상상력을 꽃피우고 겸손이라는 귀한 재능을
더 깊이 깊이 키워나가길 바라며.

차례

제2부 | 다른 세계들

"이런 세상에, 이건 놀랍도록 낯설도다."

FLATLAND

A ROMANCE OF MANY DIMENSIONS

By A Square

LONDON
SEELEY & Co., ESSEX STREET, STRAND
Price Half-a-Crown

"그러니 이것을 낯선 손님으로 환영하세."

제1부
플랫랜드의 세계

◇————————————◇

"인내심을 가지시오. 세계는 넓고 광활하니."

1
플랫랜드의 본질

　

저는 우리의 세계를 플랫랜드라고 부르려 합니다. 그 세계의 이름이 플랫랜드라서가 아니라, 스페이스랜드에 사는 특권을 누리고 있는 행복한 독자 여러분에게 우리 세계의 본질을 좀 더 명확하게 알려드리기 위해서죠.

커다란 종이 한 장을 상상해보십시오. 직선, 삼각형, 사각형, 오각형, 육각형 등 여러 가지 도형들이 그 위에서 한 자리에 꼼짝 없이 붙잡혀 있는 것이 아니라, 종이 표면 이곳저곳을 자유롭게 돌아다니고 있습니다. 도형들은 종이 표면의 위에서 혹은 안에서 이동하지만, 종이 너머로 풀쩍 뛰어오르거나 아래로 쑥 뛰어내리지는 못해요. 비록 가장자리는 딱딱하고 빛이 나긴 하지만 마치 그림자와 같죠. 이제 제가 사는 나라와 그 나라 사람들에 대해 제법 감을 잡으셨나요? 하하, 몇 년 전만 해도 저는 이것을 "우리 우주"라고 말했을 겁니다. 하지만 지금 제 마음은 더 높은 관점을 향해 활짝 열려 있지요.

이런 나라에서는 "입체"라고 부를 만한 것이 있을 수 없다는 걸 금세 눈치채셨겠죠? 그렇지만 아마 여러분은 제가 위에서 설명한 것처럼 주변을 돌아다니는 삼각형, 사각형, 그밖에 다른 도형들을 적어도 우리가 시각에 의해 구분할 수는 있을 거라고 생각하실 겁니다. 하지만 천만에요. 우리는 도형을 볼 수 없고, 하물며 구분할 수도 없습니다. 우리 눈에는 직선 외에 아무것도 보이지 않고 보일 수도 없으니까요. 그럴 수밖에 없는 이유를 바로 증명해드리지요.

공간 내부에 있는 여러 개의 탁자들 가운데 하나를 선택해서 그 한 가운데에 동전 하나를 올려놓아 보세요. 이제 몸을 구부려 그것을 내려다보세요. 동그란 원으로 보일 겁니다.

이제 탁자 가장자리로 물러나 서서히 눈높이를 낮춰보세요(그렇게 플랫랜드 주민들의 조건에 점점 가까워지는 겁니다). 동전이 점점 타원으로 보일 겁니다. 그러다가 마침내 여러분의 시선이 탁자의 가장자리와 정확히 수평이 될 때, 말하자면 플랫랜드 주민의 시선을 갖게 될 때 동전은 더 이상 타원으로 보이지 않고, 여러분 눈에 직선이 되어 있을 거예요.

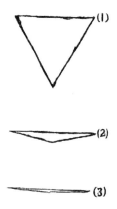

삼각형이든 사각형이든, 판지에서 오려낸 어떤 도형이든 같은 방식으로 본다면 똑같은 일이 벌어질 겁니다. 시선을 탁자 가장자리에 맞추고 도형을 보는 순간, 도형은 더 이상 도형으로 보이지 않고 일직선으로 보이게 된다는 걸 이제 아시겠지요? 정삼각형을 예로 들어보죠. 이 정삼각형이 훌륭한 상인 계급을 대표한다고 가정하고 말이에요. 도형 (1)은 여러분이 위에서 몸을 굽혀 바라볼 때 보이는 상인의 모습입니다. 도형 (2)와 (3)은 여러분의 시선을 거의 탁자 높이 가까이 맞추었을 때 보이는 상인의 모습이고요. 그렇다면 시선을 탁자 높이와 정확히 맞춘다면(플랫랜드에서 상인을 바라보는 모습이 되겠지요), 여러분의 눈에는 직선만 보이게 될 겁니다.

제가 스페이스랜드에 있을 때 들은 이야기인데, 여러분 나라의 선원들이 바다를 항해하면서 저 멀리 수평선 위로 바라보이는 섬이나 해안을 구별할 때 이와 아주 비슷한 경험을 한다고 하더군요.

저 먼 육지에는 크고 작은 수많은 만과 갑이 구불구불 펼쳐져 있을 테지요. 하지만 멀리서 보면 이런 모습은 보이지 않고 수면 위에 죽 이어진 잿빛의 선만 보입니다. 태양이 그것들을 환하게 비추어 명암에 의해 섬의 들고 나는 부위가 드러나지 않는다면 말이죠.

그래요, 플랫랜드에서 삼각형이나 그밖에 우리와 친분 있는 도형들이 다가올 때 우리 눈에 보이는 모습이 바로 이렇답니다. 우리에게는 그림자를 만드는 태양이나 그 비슷한 종류의 빛이 없기 때문에, 스페이스랜드에서 여러분이 보는 것처럼 볼 수 있는 수단이 전혀 없어요. 만약 친구가 가까이 다가오면 우리는 그의 선이 점점 커지는 걸 보게 되고, 친구가 멀어지면 그의 선이 점점 작아지는 걸 보게 되는 거지요. 여전히 직선 모양으로 말입니다. 친구가 삼각형이든 사각형이든 오각형이든 육각형이든 동그라미든, 어차피 우리 눈에는 오직 직선으로만 보인답니다.

아마 여러분은 이렇게 불리한 환경에서 어떻게 친구와 다른 사람을 구분할 수 있겠냐고 물을지도 모르겠네요. 하긴, 그렇게 묻는 것도 당연해요. 이제 곧 제가 들려드리는 플랫랜드 주민들에 대한 설명이 이 질문에 대한 매우 적절하고 알기 쉬운 답이 될 겁니다. 하지만 그 이야기는 잠시 뒤로 미루고, 지금은 우리 나라의 기후와 집에 대해 잠깐 이야기를 해야겠군요.

2
플랫랜드의 기후와 주택

◇

　여러분 나라처럼 우리 나라에도 나침반에 동서남북 네 방향이
다 있습니다.

　물론 우리 나라에는 태양도 천체도 없어서 일반적인 방법으로 북
쪽을 구분하기는 불가능하지만, 나름대로 다 방법이 있지요. 우리
의 자연법칙 때문에 우리는 자꾸만 남쪽으로 끌려가는 경향이 있습
니다. 온화한 기후에서는 이 끌어당기는 힘이 아주 약하지만(그래
서 제법 건강한 여자라면 북쪽으로 몇 펄롱쯤은 거뜬히 이동할 수 있을 정
도랍니다) 남쪽을 향해 끌어당기는 힘은 우리 땅 대부분의 지역에서
나침반처럼 이용하기에 충분하죠. 항상 북쪽에서 오는 비(일정한 주
기로 내리지요)도 나침반 역할을 톡톡히 하고 있고요. 그뿐 아니라

마을의 집들도 방향을 안내해주고 있어요. 플랫랜드에 있는 대부분의 집들은 당연히 측벽이 북쪽과 남쪽을 향해 있죠. 그래야 지붕이 북쪽에서 오는 비를 막을 수 있을 테니까요. 집이 없는 지역에서는 나무 둥치가 일종의 안내자 역할을 하지요. 이런 식으로 대체로 우리에게 방향을 결정하는 일은 생각만큼 어렵지 않습니다.

하지만 더 온화한 지역에서는 남쪽으로 끌어당기는 힘이 거의 느껴지지 않아서 이따금 우리를 안내할 집도 나무도 없는 아주 황량한 벌판을 지날 때면, 비가 올 때까지 몇 시간을 꼼짝없이 기다렸다가 비가 오면 그제야 이동을 계속해야 한답니다. 노약자들, 특히 연약한 여성들은 건장한 남성들보다 이 끌어당기는 힘에 훨씬 큰 타격을 입어요. 그래서 길을 가다 여성을 만나면 언제나 길의 북쪽 자리를 양보하는 것이 예절입니다. 당신이 건강할 때나 남북을 구분하기 어려운 기후에서나 갑작스레 이 일을 하기란 언제나 쉽지는 않은 법이지요.

우리 나라의 집에는 창문이 없어요. 집 안이든 밖이든, 밤이고 낮이고, 언제 어디서나 빛이 똑같이 비치기 때문이지요. 그래서 우리는 빛이 언제 어디에서 비치는지 몰라요. 옛날 학자들은 "빛은 어디에서 시작될까?"라는 흥미로운 의문을 수시로 제기하고 연구하면서 해답을 찾기 위해 부단히 노력했지만, 장차 해답을 얻을 수도 있었을 이 사람들은 결국 정신병원 신세를 지고 말았답니다. 그들에게 무거운 세금을 지워 연구를 금지하려는 간접적인 시도가 아무런 성과를 거두지 못하자, 아주 최근에 입법부에서 이 연구를 완전히 금지해버렸어요. 저는 (아아, 플랫랜드에서 유일하게 저 혼자만이) 이 수수께끼 같은 문제의 답을 똑똑히 알고 있지만, 이제 우리 나라 사람 누구에게도 제가 아는 지식을 이해시킬 수가 없습니다. 이제 공간의 진실에 대해, 3차원 세계로부터 빛이 들어오는 이론에 대해 알고 있는 유일한 존재인 저는 마치 세상에서 제일 미친놈처럼 조롱을 받고 있어요! 이런 가슴 아픈 이야기는 그만 두고, 이제 우리 나라의 집 이야기로 돌아가겠습니다.

가장 일반적인 집의 구조는 아래 그림의 도형처럼 오각형이랍니다. 북쪽의 RO, OF 두 면이 지붕이고 대부분 문이 없어요. 동쪽에는 여자들이 드나드는 작은 문이 있고, 서쪽에는 남자들이 드나드는 훨씬 큰 문이 있습니다. 남쪽 면, 즉 바닥에도 대체로 문이 없어요.

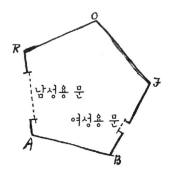

사각형과 삼각형 형태의 집은 지을 수가 없습니다. 사각형의 각은 오각형의 각보다 훨씬 뾰족한 데다(정삼각형의 각은 더욱 그렇죠), 집과 같은 무생물의 선은 남자와 여자의 선보다 더 흐릿해서 꽤나 위험한 일이 벌어질 수 있기 때문이지요. 누군가 덤벙대거나 정신이 딴 데 팔린 채 지나가다가, 아뿔싸, 사각형이나 삼각형 집의 뾰족한 끝에 부딪쳤다가는 크게 다칠 수 있으니까요. 그래서 우리 시대로 일찍이 11세기에 일반적으로 삼각형 집은 법으로 금지되었습니다. 방어시설, 화약고, 병영 등 일반 대중들이 조심스럽게 접근하지 않으면 안 되는 국가 건물을 제외하면 말이지요.

이 시기에는 어디에서든 사각형 집을 지을 수 있었어요. 특별세를 내야 했지만요. 하지만 그로부터 3세기가 지난 뒤, 지속적인 치안을 위해 인구 만 명 이상의 모든 마을에서는 오각형 미만의 집을 지을 수 없도록 법으로 정해졌답니다. 분별 있는 지역 단체들은 입법부의 이런 노력을 지지하고 있고, 지금은 시골에서도 두 집 건너 한 집이 오각형 건물로 대체되고 있어요. 아주 외딴 낙후된 농경 지역에서 가끔 골동품연구가가 아직도 사각형 집을 발견할지도 모르지만요.

3
플랫랜드의 주민들

플랫랜드에 거주하는 성인 가운데 길이 혹은 너비가 가장 큰 성인은 여러분의 측정 단위로 약 11인치로 추정됩니다. 12인치 정도면 최대치가 아닐까 싶네요.

우리 플랫랜드의 여자들은 직선입니다.

플랫랜드의 군인과 최하층 계급인 노동자는 두 변의 길이가 동일한 삼각형이에요. 두 변의 길이는 각각 11인치고, 밑변 즉 세 번째 변의 길이는 아주 짧아요(보통 1/2인치를 넘지 않아요). 그래서 꼭짓점이 굉장히 뾰족하고 각도가 엄청나게 날카롭지요. 사실 밑변의 지위가 이렇게 천한 경우(길이가 1/8인치를 넘지 않는 경우), 직선인지 여자인지 구분이 안 될 지경이에요. 꼭짓점이 너무 뾰족하니까요. 여러분 나라에서처럼 우리 나라도 이런 삼각형을 이등변삼각형이라고 불러 다른 삼각형들과 구분합니다. 이제부터는 이 삼각형을 이등변삼각형이라고 부르겠습니다.

플랫랜드의 중산층 계급은 세 변이 동일한 정삼각형으로 구성되어 있습니다.

전문가와 신사들은 사각형(바로 제가 속한 계급이죠)과 오각형입니다.

이들 바로 위의 계급이 귀족 계급인데, 육각형부터 시작해서 변의 수가 증가해 마침내 다각형이라는 명예로운 직위를 받게 됩니다. 마지막으로, 변의 수가 아주 많아지고 변의 길이가 무척 짧아져 동그라미와 구분할 수 없을 정도가 되면, 동그라미 즉 성직자 계급에 속하게 됩니다. 모든 계급 가운데 가장 높은 계급이지요.

우리 나라의 자연법칙에 따르면 아들은 아버지보다 변을 하나 더 갖게 됩니다. 그래서 각 세대는 발달 정도와 신분 수준이 (대체로) 한 단계씩 높아지지요. 사각형의 아들은 오각형, 오각형의 아들은 육각형, 이런 식으로요.

하지만 상인의 경우 이 법칙이 반드시 적용되지는 않아요. 군인과 노동자에게 적용되는 경우는 더더욱 드물고요. 실제로 이들은 변의 길이가 동일하지 않기 때문에 인간의 모습이라고 불릴 자격이 거의 없다고 봐도 좋아요. 따라서 이들에게는 자연법칙이 적용되지 않는답니다. 그리고 이등변삼각형(즉 두 변의 길이가 같은 삼각형)의 아들은 여전히 이등변삼각형으로 남아요. 아, 그렇다고 희망이 완전히 사라진 건 아닙니다. 아무리 이등변삼각형이라도 그 후손은 천한 신분에서 벗어나 위로 상승할 수 있으니까요. 예를 들어 군인이 장기간 군복무에서 성과를 올리거나 근로자가 오랫동안 성실하게 숙련된 노동을 할 경우, 군인 계급과 기능공 계급 가운데 똑똑한 사람의 세 번째 변, 즉 밑변의 길이가 약간 늘어나고 나머지 두 변의 길이가 줄어드는 경우를 심심치 않게 보거든요. 혹은 하층 계급 가운데 똑똑한 축에 드는 이들의 아들과 딸이 근친결혼을 하는 경우에도(성직자가 주선하지요) 일반적으로 정삼각형 형태에 한층 더 가까운 자녀를 낳게 되죠.

아주 드물지만(이등변삼각형의 어마어마한 출생률에 비례하면 말이죠) 이등변삼각형 부모에게서 태어났는데 진짜라고 보증할 수 있는 정삼각형도 있어요.[1] 이런 정삼각형이 태어나려면, 조상 대대로 신

---

[1] "무슨 보증이 필요하다는 겁니까?" 스페이스랜드의 비평가는 이렇게 물을지도 모르겠군요. "사각형 아들이 태어나면 아버지의 변이 동일하다는 걸 자연으로부터 인정받는 거 아닌가요?"라고 말입니다. 이 질문에 저는 이렇게 대답하겠어요. 어떤 지위의 여자도 자격을 보증 받지 않은 삼각형과는 결혼하지 않을 거라고. 간혹 약간 불규칙한 삼각형 부모에게서 사각형 자녀

중하게 상대를 골라 중매결혼을 해야 할 뿐 아니라, 장차 태어날 정삼각형 후손을 위해 조상들이 오랜 기간 지속적으로 검약과 자기절제를 실천해야 하죠. 또한 이등변삼각형의 지적 능력을 여러 세대에 걸쳐 참을성 있게 체계적이고 지속적으로 발전시켜야 해요.

우리 나라에서는 이등변삼각형 부모에게서 진짜 정삼각형이 태어나면 멀리 떨어진 지역까지 크게 기뻐할 화제 거리가 됩니다. 보건사회부의 엄격한 조사가 끝나고 아기가 정삼각형이라는 사실이 증명되면, 아기는 엄숙한 의식을 거쳐 비로소 정삼각형 계급으로 인정받게 되지요. 그러고 나면 아기는 자랑스럽지만 슬픈 친부모 곁을 떠나 아이가 없는 정삼각형 가정에 입양됩니다. 입양한 가정은 다시는 아이를 이전 가정에 보내지 않을 것이며, 친척을 보는 일조차 허락하지 않겠노라는 서약을 지켜야 해요. 이제 막 성장하는 한 인간이 무의식적으로 그들을 따라하다가 유전적으로 세습된 지위로 돌아가면 안 되니까요.

이따금 조상 대대로 농노 계급인 집안에서 돌연 이등변삼각형이 태어나는 경우가 있습니다. 그 경우 아기는 한결같이 누추하기 짝이 없는 자신들 존재 위를 비추는 한 줄기 빛과 희망이 되어 가난한

가 태어나기도 해요. 하지만 그 경우 첫 번째 세대의 불규칙성이 거의 세 번째 세대를 덮치고 말지요. 따라서 결국 오각형 지위에 이르지 못하거나 삼각형으로 되돌아가게 된답니다.

농노들에게 크게 환영을 받지만, 동시에 귀족 계급에게도 대체로 환영을 받아요. 모든 상류 계급 사람들은 잘 알기 때문이죠. 그런 희귀한 현상들이 자신들의 특권을 거의 아니 전혀 떨어트리지 않으면서도, 아래로부터 들고 일어나는 혁명을 막아줄 굉장히 유용한 보호막이 된다는 걸요.

뾰족한 각을 지닌 하층민이 예외 없이 모두가 희망과 야망을 전혀 가질 수 없다면 그들은 수시로 반정부 폭동을 일으킬 테지요. 그러는 가운데 지도자를 발굴해 수적으로나 힘으로, 심지어 동그라미의 지혜로도 당해낼 수 없을 만큼 우세해질 게 분명해요. 하지만 지혜롭게도 자연법칙은 이렇게 결정을 내렸습니다. 노동자 계급의 지능과 지식과 미덕이 커질수록, 그들을 물리적으로 두려운 존재로 만드는 뾰족한 각의 크기도 점점 커져서 비교적 해가 없는 정삼각형 각에 가까워지도록 말이죠. 그리하여 지적 능력이 부족하기로 여자들과 거의 유사한 수준인 군인 계급 가운데 가장 잔인하고 만만찮은 인간들은 깨닫게 되지요. 그들의 장점인 엄청난 돌파력을 발휘하기 위해 머리를 굴리느라 정신적인 능력이 커질수록, 정작 날카로운 각으로 뚫고 들어갈 힘은 줄어들게 된다는 사실을 말입니다.

이거 정말 훌륭한 보상 법칙 아닌가요! 자연의 합리성에 대한 완벽한 증거이며, 플랫랜드라는 국가의 귀족 중심 체제에 대한 성스러운 기원이라고 해도 과언이 아닐 겁니다! 다각형과 동그라미들은 자연법칙을 적절히 이용함으로써, 인간의 마음에서 일어나는 억제할 수 없는 무한한 희망을 미끼로 아예 요람에서부터 거의 언제나 폭동을 억압할 수 있습니다. 기술 역시 법과 질서를 돕는 데 이용되지요. 일반적으로 알려진 바에 따르면, 국가 의료진들이 인위적으로 약간의 축소 확대 수술을 실시해서, 폭동을 이끈 제법 똑똑한 대표자 몇 명을 완벽한 규칙 도형으로 만들어 즉시 특권 계급에 포섭시킨다고 하죠. 아직 그 기준에 이르지 못한 훨씬 많은 수의 도형들에게는 언젠가 계급이 높아질 수 있으리라는 희망을 품게 해 마음을 흔들어놓고요. 그러고는 국립 병원에 입원하도록 유도해 평생 영예롭게 그 안에 갇혀 살게 만든답니다. 그 가운데 고집 세고 어리석은 데다 불규칙한 모양을 바꿀 가망이 없는 한두 사람은 사형을 당하게 되죠.

그렇게 목표도 사라지고 지도자도 잃은 비참한 이등변삼각형 폭도들은 저항 한 번 못 해보고 죽게 되지요. 그것도 이런 비상사태에 대비해 대장 동그라미 밑에서 보수를 받고 일하는 동지들의 작은 몸에 찔려서 말입니다. 그보다 흔한 경우, 동그라미 측에서 폭도들 사이에 교묘하게 조장시킨 질투와 의심에 동요되어 자기들끼리 싸움을 벌이다 서로의 뾰족한 각에 찔려 죽음을 맞기도 하고요. 우리 플랫랜드의 기록에 따르면 235건의 소규모 폭동 외에도 자그마치 120건의 큰 반란이 일어났는데, 모두 결국 이런 식으로 끝이 났다고 합니다.

4
여자들

◇

　굉장히 뾰족한 삼각형인 군인 계급이 이렇게 무시무시한 사람들이라면, 우리 나라 여자들은 그보다 훨씬 만만찮은 존재라는 걸 쉽게 짐작할 수 있을 겁니다. 군인이 쐐기라면, 여자는 말하자면, 적어도 양 끝이 뾰족한 바늘이라고 할 수 있으니까요. 그뿐이 아니랍니다. 여자들은 실제로 자유자재로 모습을 보이지 않게 하는 힘도 지니고 있으니, 플랫랜드의 여성은 절대로 얕잡아 볼 상대가 아니라는 걸 알게 될 거예요.

　어쩌면 몇몇 어린 독자들은 플랫랜드의 여자들이 어떻게 모습을 보이지 않게 할 수 있을까 궁금하게 여길지도 모르겠군요. 따로 설명하지 않아도 다들 잘 아시겠지만, 좀처럼 감을 잡지 못하는 사람들을 위해 간단히 설명을 드리죠.

탁자 위에 바늘 하나를 올려놓아 봅시다. 그런 다음 탁자의 표면에 눈높이를 맞추어 옆에서 바늘을 보세요. 그러면 바늘의 전체 길이가 보이겠지요. 이번에는 바늘 끝 방향에서 보세요. 점 하나 외에는 아무것도 보이지 않을 겁니다. 우리 플랫랜드 여자들의 모습이 바로 이렇답니다. 여자들이 우리를 향해 측면을 돌리면 우리에게는 여자들 모습이 하나의 직선으로 보입니다. 그런데 몸통 끝부분인 눈이나 입 — 우리에게는 이 두 기관이 동일하니까요 — 이 있는 곳에 시선을 두면, 환하게 빛나는 점 하나만 보이죠. 광채가 나지 않아 사실상 무생물과 다름없이 흐릿한 여자들 등에 시선을 두면, 뒤쪽 끝부분은 투명 모자 같은 역할을 하고요.

여자들 때문에 우리가 얼마나 위험에 노출되어 있는지는 이제 스페이스랜드의 가장 우둔한 사람도 분명히 알 수 있을 정도죠. 중간 계급의 점잖은 삼각형의 각이라고 해서 위험하지 않다고는 할 수 없어요. 노동자 계급과 부딪치면 깊은 상처를 피할 수 없고, 군인 계급의 장교와 충돌한다면 심각한 부상이 불가피해요. 하급 병사의 꼭짓점은 스치기만 해도 죽음의 위험으로 벌벌 떨게 되지요. 그러니 양끝이 모두 뾰족한 여자와 부딪친다면 그 자리에서 완전히 끝장나지 않겠어요? 게다가 여자가 눈에 보이지 않는다면, 아니 흐릿하고 희미한 점만 간신히 보인다면, 아무리 주의를 기울인다 해도 매번 충돌을 피한다는 게 얼마나 어렵겠습니까!

이런 위험을 최소한으로 줄이기 위해, 플랫랜드의 여러 주에서는 다양한 경우에 대비한 많은 법령들이 제정되고 있습니다. 그리고 기후가 덜 온화한 남쪽 지역은 당연히 여자들에 관한 법이 훨씬 엄격해요. 그런 지역은 중력의 힘이 더 강하고, 사람들이 자기도 모르게 무심코 몸을 움직이기가 더 쉬우니까요. 그렇지만 전체적인 법규를 살펴보면 다음과 같이 요약할 수 있을 겁니다.

1. 모든 집은 동쪽 방면에 여성 전용 출입문을 설치해야 한다. 모든 여성은 '품위 있고 공손한 태도'[2]로 이 문으로만 출입해야 하며, 남성 전용 출입문이나 서쪽 방향의 문을 이용해서는 안 된다.
2. 모든 여성은 공공장소를 지날 때 계속해서 평화의 소리를 내야 하고, 이를 어길 경우 사형에 처한다.
3. 어떤 여성이든 무도병이나 발작, 심한 재채기를 동반한 만성 감기, 기타 비자발적 동작이 불가피한 질병을 앓고 있다는 것이 공식적으로 인정되는 경우 즉시 처분될 것이다.

---

2 내가 스페이스랜드에 있을 때 당신네 나라의 성직자 계급들 가운데 일부도 마찬가지로 마을사람, 농부, 공립학교 교사를 위한 출입문을 따로 마련한다(《스펙테이터》 1884년 9월, 1255)는 걸 알았어요. 모두들 "적절하고 공손한 태도"를 갖추도록 말이지요.

일부 주에서는 추가로 법을 제정해, 여성이 공공장소에서 걷거나 서 있으려면 계속해서 등을 좌우로 움직여 뒤편 사람들에게 자신의 존재를 알리도록 했습니다. 어떤 주에서는 여성이 여행을 할 땐 아들이나 하인 혹은 남편을 동반해야 하고, 어떤 주에서는 종교적인 축제 기간 외에는 외부로부터 완전히 격리되어야 하죠. 그리고 이 법들을 어기면 사형에 처해진답니다. 하지만 우리 나라에서 가장 현명한 동그라미들, 즉 정치인들은 여성에게 제약이 많으면 많을수록 플랫랜드의 인구가 감소하고 힘이 약해진다는 걸 알게 되었어요. 가정 내 살인 사건도 증가하는 경향을 보여, 사실상 지나친 금지법은 국가에 득보다 실이 훨씬 크다는 걸 확실히 깨달은 거죠.

집안에서는 격리 당하고 어쩌다 집 밖에 나가면 온갖 제약에 매이다 보니, 여자들은 한 번씩 짜증이 폭발할 때마다 남편과 자식들에게 실컷 화풀이를 하기 일쑤니까요. 그래서 기후가 덜 온화한 지역에서는 간혹 여자들의 동시다발적 폭동으로 한두 시간 만에 마을의 남자 인구 전체가 완전히 초토화되기도 하죠. 그러므로 위에 언급한 세 가지 법은 비교적 통제가 잘 되는 주에서나 해당하는 것이고, 우리 나라 여성 관련 법 규정의 대략적인 예라고 생각하시면 될 겁니다.

결국 우리를 보호해주는 장치는 입법기관이 아니라 여성 자신의 이기심에서 찾을 수 있어요. 왜냐하면 여자들은 뒤로 이동해 누군가를 즉사시킬 수도 있지만, 피해자의 버둥거리는 몸에서 그들이 찌른 뾰족한 끝을 당장 빼내지 못하면 그들의 연약한 몸도 부서지기 쉬우니까요.

유행의 힘도 우리 편이지요. 아까 제가 문명이 덜 발달한 주에서 여성은 공공장소에서 반드시 등을 좌우로 흔들어야 한다고 말씀드렸죠. 도형들이 기억하는 한 오래 전부터, 이런 관습은 정치적으로 안정된 주에서 태어났다고 자처하는 요조숙녀들 사이에서 보편적으로 행해져왔어요. 법으로 제정해 행동을 강제하는 것은 주의 불명예다, 훌륭한 여성이라면 누구나 그런 본능을 선천적으로 타고났다, 그렇게 여기면서 말이죠. 우리 동그라미 계급 숙녀들의 물결치는 듯한 리드미컬한 등의 움직임, 그리고 이렇게 말해도 괜찮다면, 조화로운 등의 움직임은 평범한 정삼각형 계급 부인들이 동경하고 모방하는 몸짓이랍니다. 정삼각형 계급 부인들은 시계추가 흔들리는 것 같은 지극히 단순한 움직임으로 그칠 뿐 그 이상 근사하게 흔들 줄 모르거든요. 그리고 진보적이고 야망으로 가득 찬 이등변삼각형 부인들은 정삼각형 부인들의 이런 똑딱똑딱 규칙적인 움직임을 감탄하며 따라합니다. 그녀들에겐 아직 어떤 종류의 "등의 움직임"도 생활의 필수 요건이 아니지만요. 이렇게 지위와 동기를 막론하고 모든 가정에서 아주 오래 전부터 "등의 움직임"이 유행처럼 번지게 되었지요. 그리고 덕분에 이들 가정의 남편과 아들들은 적어도 보이지 않는 공격은 피할 수 있게 되었습니다.

그렇지만 우리 나라 여자들에게 애정이 전혀 없을 거라고 생각해서는 안 됩니다. 하지만 안타깝게도 이 약한 여자들은 순간 욱 하고 화가 치밀면 다른 건 아무것도 생각나지 않아요. 물론 그들의 불행한 신체 구조상 어쩔 수 없을 겁니다. 여자들은 허세를 부릴 각조차 없으니, 이 점에서는 가장 신분이 낮은 이등변삼각형보다 열등한 존재이지요. 각이 없으니 지적 능력도 전혀 없고요. 반성이라든가 판단이라든가 미리 뭘 숙고하는 법도 없는 데다, 기억력도 거의 바닥이지요. 그러니 잔뜩 화가 나 있을 땐 자기가 뭘 요구했는지도 기억하지 못하고 아무것도 눈에 보이는 게 없는 거죠. 실제로 저는 어떤 여자가 자기 가정을 완전히 몰살시켜놓고는, 30분이 지나 화가 가라앉고 파편들이 완전히 쓸려간 뒤에 남편과 아이들은 어떻게 되었냐고 묻는 경우를 본 적이 있단 말입니다!

그러니 여자가 몸을 돌릴 수 있는 위치에 있을 땐, 절대로 여자를 짜증나게 만들어서는 안 되지요. 아파트에서 여자와 함께 있을 땐 여러분 마음대로 말하고 행동해도 좋아요. 그곳은 구조상 여자들이 그런 힘을 발휘하지 못하게 되어 있거든요. 거기에선 여자들이 누구를 해칠 힘을 완전히 잃어버릴 테니까요. 당장 당신을 죽여버리겠다고 위협한 일도, 여자들의 화를 진정시키기 위해 당신이 억지로 만들어낸 약속도 잠시 후면 까맣게 잊어버릴 겁니다.

군인 같은 비교적 하층 계급을 제외하면, 우리 나라 사람들은 가족들과 아주 무난하게 지내는 편입니다. 간혹 남편들이 눈치 없이 경솔하게 행동하는 바람에 엄청난 불행을 맞기도 하지만 말이죠. 이 미련한 족속들은 분별력이나 적당한 위선 같은 방어 수단 대신 날카로운 각처럼 공격적인 무기에 훨씬 많이 의지하면서 여성용 아파트 건축 규정을 소홀히 하거나, 밖에서는 경거망동하게 행동해놓고 곧 죽어도 자기가 잘났다고 대드는 통에 아내의 성질을 돋우기 일쑤지요. 어디 그뿐인가요. 어찌나 둔하고 무딘지 사실을 곧이곧대로 밖에 볼 줄 몰라서, 현명한 동그라미들 같으면 인심 좋게 이런 저런 약속을 해대며 급한 대로 배우자의 마음을 달래주련만, 이들은 그런 약속도 할 주제가 못 됩니다. 그러니 집안에 처참한 피바람이 분다 해도 이상할 게 없지요. 하지만 여기에도 이점이 없지는 않아요. 덕분에 이등변삼각형 가운데 잔인하고 골치 아픈 부류들이 제거되기도 하니까요. 대다수의 동그라미들은 이런 얄팍한 성性의 파괴성이 불필요한 인구를 억제하고 혁명의 싹을 자르기 위한 신의 많은 섭리 가운데 하나라고 생각한답니다.

하지만 우리 나라에서 가장 통제가 잘 된, 거의 동그라미에 가까운 도형의 가족에서도 이상적인 가정의 모습이 당신들 스페이스랜드에서처럼 완전하다고 할 수는 없습니다. 학살만 면해도 그나마 평화로우련만, 취향이나 추구하는 바가 좀처럼 일치하지 않으니 어쩌겠어요. 그래서 신중하고 지혜로운 동그라미들은 안전을 보장 받는 대신 가정의 안락함을 희생하고 있어요. 모든 동그라미 가정이나 다각형 가정에는 아득한 옛날부터 내려오는 한 가지 관습이 있는데, 지금은 상류층 여성들에게 일종의 본능이 되었죠. 그 관습이란 바로 어머니와 딸의 눈과 입이 늘 남편과 남편의 남성 친구들을 향해야 한다는 것입니다. 기품 있는 집안의 부인이 남편에게 등을 돌리는 행위는 신분을 박탈당할 수도 있는 불길한 조짐으로 간주되곤 했어요. 그러나 곧 말씀드리겠지만, 이런 관습은 안전에는 장점이 되지만 불리한 점도 없지 않습니다.

노동자나 점잖은 상인의 가정에서는 부인이 소소한 집안일을 하는 동안엔 남편에게 등을 돌려도 괜찮아요. 여기서는 그나마 잠깐씩 조용한 시간을 가질 수 있어요. 그럴 때 부인은 평화의 소리를 지속적으로 흥얼거리는 걸 제외하면 모습을 보이거나 소리를 내지 않으니까요. 하지만 상류사회 가정에서는 좀처럼 평화로운 시간을 만들 수가 없답니다. 쉴 새 없이 재잘대는 입과 환하게 빛을 발하며 뚫어져라 쳐다보는 시선이 언제나 집안의 가장을 향해 있으니 말입니다. 세상 그 어떤 빛도 끝없이 이어지는 여자들 수다보다 오래 지속되지는 못할 거예요. 요령과 기술로 여자의 날카로운 침을 거뜬히 피할 수 있다 하더라도 여자의 입만은 도저히 막을 수 없을 겁니다. 지혜도 상식도 분별력도 없는 부인이 할 말이 없을 때조차 조용히 있지 못하고 말할 것이 없다고 떠들어댈 때 적지 않은 냉소주의자들은 이렇게 단언하곤 하죠. 안전하지만 낭랑한 여자의 목소리를 들으니 치명적인 위험이 따르더라도 말 없는 여자의 등 쪽 침이 훨씬 낫다고.

스페이스랜드의 독자들에게는 우리 나라 여자들 상황이 굉장히 비참해 보이겠지요. 사실 그렇습니다. 가장 낮은 신분인 이등변삼각형 남자들은 각의 수를 늘리면 마침내 천한 신분에서 승격될 수 있을 거라고, 얼마간 기대라도 해볼 수 있어요. 하지만 여성이라는 성으로는 누구도 그런 희망조차 가질 수 없습니다. "한 번 여자면 영원히 여자"라는 것이 자연의 명령이에요. 게다가 진화법칙은 여자에게 불리한 상태에서 멈춰버린 듯합니다. 하지만 신의 섭리는 얼마나 지혜로운지, 감탄하지 않을 수가 없어요. 덕분에 여자들은 희망이 없는 만큼 떠올릴 기억도 없고, 앞일을 기대하고 숙고하는 일이 없는 만큼 고통과 굴욕도 느끼지 않으니까요. 여자라는 존재에게 필연적이기도 하고 플랫랜드 헌법의 기반을 이루는 것이기도 한 고통과 굴욕 말입니다.

5
우리가 서로를 인식하는 방법

당신들은 빛과 그림자를 누리는 축복을 받았어요. 태어날 때부터 두 눈을 선물 받고, 선천적으로 원근법을 알고 있으며, 다양한 색깔이 주는 즐거움에 흠뻑 빠져들기도 하겠죠. 행복한 3차원 공간에서 실제로 각을 볼 수도 있고, 동그라미의 전체 둘레를 응시할 수도 있고요. 그런 당신들에게 플랫랜드에 사는 우리가 서로의 형태를 어떻게 인식하는가 하는 지극히 어려운 문제를 어떻게 이해시킬 수 있을까요?

앞에서 제가 했던 이야기를 떠올려 보세요. 플랫랜드에 사는 모든 존재는 생물이든 무생물이든 그 형태가 어떻든 우리의 시각에는 모두 똑같거나 거의 같은 모습으로, 다시 말해 직선 모양으로 나타

납니다. 이렇게 모든 것이 똑같게 보이는데 어떻게 서로를 구분할 수 있을까요?

  답은 세 가지예요. 첫 번째 인식 수단은 청각이랍니다. 청각만큼 은 우리가 당신들보다 훨씬 발달되어 있어서, 개인적으로 친한 친구의 목소리를 구분하는 건 물론이고, 여러 계급, 적어도 세 하층 계급인 정삼각형, 사각형, 오각형 정도는 얼마든지 식별할 수 있습니다. 이등변삼각형은 고려 대상에 넣지도 않았어요. 하지만 사회적 신분이 높아질수록 청각에 의해 식별하고 식별 받는 과정이 까다로 워져요. 한 가지 이유는 목소리가 점점 같아지기 때문이고, 또 하나 이유는 목소리로 식별하는 능력은 하층 계급의 미덕이라 귀족 계급 에서는 썩 발달하지 못했기 때문이지요. 게다가 사기를 당할 위험 이 있는 곳에서는 이 방법을 신뢰할 수 없어요. 하층 계급에서는 발 성 기관이 청각 기관보다 한 단계 더 발달되어 있어서, 이등변삼각 형은 다각형의 목소리를 쉽게 흉내 낼 수 있고 조금만 연습하면 동 그라미의 목소리도 흉내 낼 수 있거든요. 따라서 두 번째 인식 방법 이 더 일반적으로 사용됩니다.

  두 번째 인식 수단인 느낌은 여자들과 하층 계급 — 상층 계급 에 대해서는 잠시 후에 이야기해드리죠 — 사이에서 어쨌든 낯선 사람을 인식하는 수단이며, 개인이 아닌 계급을 인식할 때 주로 사 용하는 방법입니다. 그러니까 스페이스랜드의 상위 계층이 서로를 "소개"하는 과정이 우리에게는 "느끼는" 과정인 거지요. "제 친구 아무개 씨를 느끼시고 그가 당신을 느끼도록 허락해주십시오"라는 말은 도심에서 멀리 떨어진 시골의 보수적인 신사들 사이에서 아직도 관례적인 문구로 사용되고 있어요. 하지만 도시에서 그리고 사업가들 사이에서는 "그가 당신을 느끼도록 허락해주십시오"가 생략되어, "아무개 씨를 느껴주십시오" 정도로 문구가 짧아졌답니다. 물론 "느낌"은 상호적인 것으로 상정되지만 말입니다. 훨씬 현대적이고 세련된 젊은 신사들 — 그들은 쓸모없는 수고를 극도로 싫어하고 모국어의 순수성에 완전히 무관심하죠 — 사이에서는 이 문구가 훨씬 짧아져서, "느끼고 느낌을 받도록 권한다"는 뜻으로 통상 "느낀다"라고만 말해요. 그리고 요즘엔 점잖든 경박하든 상류층 사교계에서는 "은어"로 "스미스 씨, 존스 씨를 느끼시죠" 같은 속된 말이 용인되고 있지요.

하지만 독자 여러분처럼 우리에게도 "느낌"이 지루한 과정일 거라고 지레짐작하지 마시길 바랍니다. 각 도형의 모든 변을 정확하게 느껴야만 그들이 속한 계급을 파악할 수 있을 거라고 생각하지도 마시고요. 우리는 학교에 다닐 때부터 오랫동안 연습과 훈련을 거듭했고 일상생활에서 지속적으로 경험해왔기 때문에, 정삼각형인지 사각형인지 오각형인지 촉각으로 단박에 구분할 수 있답니다. 아무리 둔한 촉각을 가졌어도 머리 나쁜 예각 이등변삼각형의 꼭짓점을 즉시 알아보는 건 말할 필요도 없고요. 그러므로 보통은

각 도형의 여러 각들을 일일이 느낄 필요가 없습니다. 그리고 일단 확인을 마치면 상대의 계급을 알 수 있지요. 상대가 귀족 같은 상층 계급에 속하지 않는 한 말입니다. 사실 그처럼 높은 계급은 확인하기가 여간 까다로운 게 아니랍니다. 심지어 웬트브리지 대학교 석사학위자도 10개의 변을 가진 다각형과 12개의 변을 가진 다각형을 헷갈려 한다고 해요. 이곳 명문 대학을 드나드는 과학 박사라 해도, 상대가 20변 귀족인지 24변 귀족인지 지체 없이 곧장 알아볼 수 있다고 장담하지 못할 겁니다.

위에서 언급한 여성에 관한 법규를 기억하는 독자들은 접촉에 의해 서로를 소개할 때 주의를 기울여 조심해야 한다는 걸 쉽게 이해할 겁니다. 방심하며 상대를 느끼다가 각에 찔려 돌이킬 수 없는 상처를 입을 수도 있으니까요. 그러므로 느끼는 자 the Feeler의 안전을 위해 느낌을 받는 자 the Felt 는 반드시 완벽한 정지 상태를 유지해야 합니다. 지금까지 알려진 바에 따르면 느낌을 받는 자가 깜짝 놀라 갑자기 몸을 움직이거나, 산만하게 몸을 꼼지락거리나, 심지어 격하게 재채기를 하다가 무방비 상태인 상대에게 치명적인 위험을 초래했지요. 그래서 지속될 수 있었을 우정이 싹도 펴보지 못한 채 끝난 경우가 많다고 해요. 특히 하층 계급인 삼각형들은 실제로 그런 경우가 허다하답니다. 삼각형은 눈이 꼭짓점에서 아주 먼 곳에 달려 있어 프레임 끝의 감각을 좀처럼 인지하지 못해요. 게다가 워낙 무디고 거칠어서, 매우 조직적인 다각형의 섬세한 손길을 잘 느끼지 못하죠. 그러니 무심코 머리를 쳐드는 행동으로 지금까지 나라의 소중한 생명을 수없이 잃었다 해도 이상한 일이 아니지요!

훌륭한 우리 할아버지께서는(그분은 사실상 불운한 이등변삼각형 계급 가운데서도 가장 덜 불규칙한 사람들 중 한 분이셨는데, 사망 직전에 보건사회부에서 7표 가운데 4표를 얻어 정삼각형으로 승급되셨어요) 당신의 존엄한 눈에서 눈물을 흘리시며, 고조할아버지의 할아버지께 일어났던 이런 식의 실책을 자주 통탄해하며 말씀하셨어요. 할아버지 말씀에 따르면 우리의 불행한 선조께서는 59도 30분의 각도 즉 지능을 지닌 훌륭한 노동자로, 평소 류머티즘을 앓고 계셨죠. 그런데 어느 날 어떤 다각형에게 느낌을 받는 도중에 갑자기 화들짝 놀라는 바람에 그만 뜻하지 않게 대각선으로 그 위대한 분을 찌르고 말았답니다. 그로 인해 우리 집안은 한창 전도유망하던 시기에 1도 30분이 강등되었지요. 그분의 오랜 투옥과 수모의 결과이기도 했고, 모든 친척들에게 미친 도덕적 충격도 컸기 때문이죠. 그 결과 다음 세대에서는 집안의 지능이 고작 58도로 기록되었어요. 그로부터 다섯 세대가 지난 뒤에야 잃어버린 기반을 회복해 지능이 완전한 60도에 달하게 되었으며, 마침내 승급되어 이등변삼각형에서 벗어나게 되었답니다. 이 모든 재앙이 바로 느낌의 과정에서 벌어진 하나의 사소한 사건에서 비롯된 겁니다.

이쯤에서 교육을 잘 받은 독자들은 이렇게 의문을 제기할지 모르겠습니다. "플랫랜드에 사는 당신들이 각도가 몇 도 몇 분인지 어떻게 알지요? 공간 영역에 사는 우리는 서로에게 향해 있는 두 직선을 볼 수 있어요. 하지만 당신들은 한 번에 단 하나의 직선만 볼 수 있고, 고작 몇 개의 직선들도 하나의 직선처럼 뭉뚱그려 보이잖아요. 그러면서 어떻게 각도를 구별하고 게다가 서로 다른 크기의 각도를 기록까지 할 수 있지요?"라고 말이에요.

질문에 답을 하자면, 우리는 각도를 볼 수 없고 추측만 할 수 있을 뿐이지만 이 추측이 대단히 정확합니다. 우리의 촉각은 필요에 의해 자극을 받고 오랜 훈련을 통해 발달되어, 자나 각도계의 도움을 받지 않고도 당신들 시각보다 훨씬 정확하게 각도를 구분할 수 있어요. 위대한 자연의 도움에 대한 설명도 빠뜨려서는 안 되겠죠. 우리의 자연법칙에서 이등변삼각형의 뇌는 0.5도 즉 30분에서 시작해 각 세대마다 0.5도씩 증가해요(어쨌든 증가한다면요). 그렇게 계속 증가하다가 목표 지점 60도에 다다르면, 마침내 농노 생활이 끝나고 자유인이 되어 규칙 도형 계급이 됩니다.

결과적으로 자연은 우리에게 60도까지 0.5도씩의 상승 단계, 즉 각도의 알파벳을 제공한다고 할 수 있어요. 우리는 전국의 모든 초등학교에서 그 표본들을 볼 수 있습니다. 간혹 있는 퇴보, 그보다 더 빈번한 도덕적·지능적 정체, 그리고 범죄자와 부랑자 집단의 엄청난 생식력으로 인해 0.5도, 1도에 해당하는 인구는 늘 과잉 상태이고 10도까지는 표본이 아주 많아요. 그들에게는 시민권이 전혀 없죠. 대다수가 전쟁에 이용할 정도의 지능도 안 돼, 주에서는 그들을 교육 서비스 용도로 투입해버리죠. 모든 위험 가능성을 전면적으로 차단하기 위해 꼼짝 못하게 족쇄에 채워진 채 유치원 교실에 배치된단 말입니다. 그러면 교육위원회에서는 그 가련한 존재들을 교육에 활용합니다. 그들 자신은 전혀 갖추지 못한 요령과 지능을 중간계급의 자녀들에게 전달한다는 목적으로 말이죠.

어떤 주에서는 표본에게 가끔씩만 음식을 주면서 고통스럽게 몇 년을 견디게 합니다. 그런가 하면 보다 온화하고 통제가 잘 된 지역에서는 아예 음식을 주지 않아요. 매달, 즉 범죄자 부류가 음식 없이 생존할 수 있는 평균 기간인 한 달을 주기로 표본을 새로 교체하는 것이 장기적인 관점에서 어린 학생들의 교육적 흥미에 더 이익이라고 생각해서죠. 수업료가 저렴한 학교에서 표본이 오래 생존하면 음식 마련에 많은 비용이 들고, 표본은 표본대로 몇 주 동안 계속해서 "느낌"을 당하느라 각이 무뎌져 정확도가 손상된다는 이유에서 말이죠. 하지만 비싼 시스템의 장점을 열거할 때, 쓸모없는 이등변삼각형 인구를 약간이지만 제법 눈에 띄게 감소시킬 수 있음을 덧붙이는 것도 잊어서는 안 되겠어요. 이건 플랫랜드의 모든 정치인들이 지속적으로 염두에 두는 문제이기도 합니다. 그러므로 직접선거로 선출된 학교 위원회에서 소위 "저렴한 시스템"을 찬성하려 한다는 걸 모르지 않지만, 사실 저는 전반적으로 이 문제는 비용을 늘이는 것이 오히려 가장 절약이 되는 많은 경우 가운데 하나라고 생각합니다.

하지만 학교위원회의 정치적인 문제로 이야기의 주제에서 벗어나지는 않겠어요. 느낌으로 상대를 인지하는 것이 생각처럼 지루하거나 두루뭉술한 과정이 아니라는 건 충분히 설명했습니다. 소리로 인지하는 것보다 단연코 훨씬 신뢰할 수 있다는 말도 했고요. 아직 하지 않은 이야기가 더 있는데, 앞에서 언급한 것처럼 이 방법에도 문제가 없지 않다는 겁니다. 이 문제 때문에 중간 계급과 하위 계급 대다수가, 그리고 다각형과 동그라미 계급에서는 예외 없이 모두가 세 번째 방법을 선호한답니다. 세 번째 방법에 대한 설명은 다음 장으로 넘기도록 하죠.

6

시각으로 인식하는 방법

◇

이제부터는 앞뒤가 안 맞는 이야기를 해야겠습니다. 앞 장에서 저는 플랫랜드의 모든 도형은 직선 형태를 띤다고 말했어요. 그렇기 때문에 시각 기관으로는 다른 계급에 속하는 개개인을 구분하기가 불가능하다고 덧붙였고 그렇게 암시도 했지요. 그런데 이제 스페이스랜드의 비평가들에게 우리가 시각으로 서로를 인식하는 방법을 설명하려 합니다.

조금 번거롭겠지만, 제가 느낌에 의한 인식이 보편적이라고 언급한 부분을 찾아보신다면 "하층 계급 사이에서"라는 조건을 발견하시게 될 겁니다. 그러니까 시각을 통한 인식이 가능한 영역은 상층 계급과 온화한 기후에 한해서인 거죠.

안개가 있는 곳이면 어느 지역, 어느 계층에서도 이 방법을 사용할 수 있답니다. 플랫랜드에서는 열대 지역을 제외하고 모든 곳에서 거의 일 년 내내 안개가 자욱해요. 스페이스랜드에 사는 여러분에게는 안개가 풍경을 가리고, 기분을 우울하게 만들고, 건강을 악화시켜 그저 해롭게만 보이는 요소일지도 모르죠. 하지만 우리에게는 그 어떤 맑은 공기에도 뒤지지 않는 축복으로, 예술의 보모이자 과학의 부모로 여겨진답니다. 하지만 은혜로운 환경에 대한 찬사는 이쯤에서 그만두고 제 말이 무슨 의미인지 설명해드리죠.

안개가 없다면 모든 선은 똑같이 선명하게 보여 구분하기 어려울 겁니다. 대기가 무척 맑고 건조한 시골 지역에서는 불행히도 실제로 그렇답니다. 하지만 안개가 자욱한 곳에서는 가령 3피트 거리에 떨어진 물체의 경우 2피트 11인치 거리의 물체보다 훨씬 희미하게 보이지요. 결국 우리는 상대적인 희미함과 선명함을 신중하게 지속적으로 실험하고 관찰함으로써 관찰하는 대상의 형태를 매우 정확하게 추측할 수 있습니다.

여러 가지 일반론을 늘어놓는 것보다 예를 하나 드는 것이 제 말을 이해시키는 데 도움이 될 것 같군요.

예를 들어 두 사람이 저에게 다가오는 모습을 보고 제가 그들의 등급을 확인하려 한다고 가정해보겠습니다. 그들을 상인과 의사,

다시 말해 정삼각형과 오각형이라고 할게요. 이제 저는 그들을 어떻게 구분할 수 있을까요?

기하학 공부를 막 시작한 스페이스랜드의 아이들이라면 누구든지 쉽게 알 수 있어요. 만일 저에게 다가오는 낯선 사람의 각(A)을 이등분하는 곳에 제 시선을 위치시킨다면, 제 시야는 옆 두 선분(즉 CA와 AB)의 이를테면 딱 중간에 놓이게 되겠죠. 따라서 저는 두 선분을 어느 쪽에도 치우침 없이 보게 되고, 따라서 두 선분은 동일한 길이로 보일 겁니다.

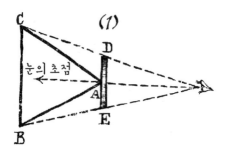

그럼 이제 (1)번 상인의 경우 제 눈에 어떻게 보일까요? 우선 저는 직선 DAE를 보게 되겠지요. 이때 중간점 A는 제 시야에서 가장 가까운 곳에 있기 때문에 아주 선명하게 보이겠지만, 양쪽 선분은 빠른 속도로 희미해질 겁니다. 선분 AC와 AB는 안개 속으로 빠르게 멀어질 테니까요. 그리고 상인의 양끝 부분으로 보이는 D와 E는 실제로 굉장히 희미해질 거예요.

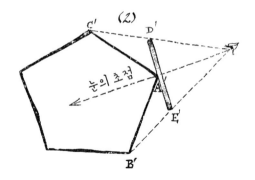

반면 (2)번 의사의 경우를 볼까요? 이때 저는 선명한 중심점 A'가 포함된 선분 D'A'E'를 보게 될 텐데, 이 선분은 상인의 경우보다 좀 더 서서히 희미해질 겁니다. 양쪽 선분(A'C', A'B')이 안개 속으로 서서히 멀어지기 때문이죠. 그리고 제 눈에 의사의 양끝으로 보이는 D'와 E'는 상인의 양끝만큼 흐릿하게 보이지는 않을 테고요.

두 사례를 통해 여러분은 우리 가운데 교육을 많이 받은 계급은 시각을 통해 중간 계층과 최하위 계층을 아주 정확하게 구분할 수 있다는 걸 이해하셨을 겁니다. 물론 상당한 장기간의 훈련을 통해 지속적인 경험이 뒷받침되어야 가능한 일이겠지만요. 스페이스랜드의 제 후원자들이 이 일반적인 개념을 파악할 수 있다면, 그래서 그럴 가능성을 이해하고 제 설명을 전혀 터무니없다고 거부하지만 않는다면 저는 더 바랄 게 없을 거예요. 더 자세하게 설명해봤자 여러분을 혼란스럽게 만들 뿐이고요. 하지만 혹시라도 시각에 의한 인식을 쉽다고 생각할지 모르는(제가 제 아버지와 아들들을 인식하는 방식인, 위에서 제시한 두 가지 단순한 예만 보고 말이지요) 아직 어리고 경험이 미숙한 사람들을 위해, 시각 인식의 많은 문제들이 실생활에서는 무척 미묘하고 복잡하다는 사실을 짚고 넘어갈 필요가 있을 것 같습니다.

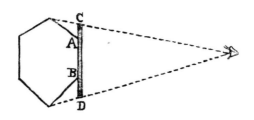

예를 들어, 정삼각형인 제 아버지가 저에게 다가올 때 제 눈에 아버지의 각 대신 한쪽 면이 보인다면 저는 아마 아버지를 직선, 다시 말해 여자가 아닐까 잠시 의심하게 될 겁니다. 아버지에게 옆으로 돌아보시라고 하거나 제 시선을 아버지 옆으로 돌리기 전까지는 말이죠. 그런가 하면 육각형인 두 손자 녀석 가운데 한 명과 함께 있을 때 녀석의 한쪽 변(AB)을 정면에서 바라보면, 위 그림에서 분명하게 알 수 있듯이 저는 하나의 선분 전체(AB)를 비교적 선명하게 볼 수 있어요(양 끝이 거의 흐려지지 않지요). 두 개의 짧은 선(CA와 BD)은 전체적으로 흐릿하고 맨 끝 C와 D로 향할수록 더욱 희미해지고요.

주제를 자세하게 접근하고 싶지만 그런 유혹에 넘어가서는 안 되겠군요. 교육을 많이 받은 이들이 생활 속에서 겪는 문제들(그들은 가령 무도회나 사교 모임 같은 곳에서 몸을 돌리기도 하고, 앞으로 나갔다 뒤로 물러났다 하며 움직이면서, 그 와중에 높은 직위에 있는 많은 다각형들이 제각각 다른 방향으로 움직이는 모습을 시각에 의해 구분하려 애쓴답니다)을 역설하면 스페이스랜드의 가장 평범한 수학자라도 제 말을 쉽게 믿을 겁니다. 이런 문제들 때문에 가장 지적인 이들조차 그들의 예리한 모서리를 얼마나 혹사시켜야 하는지 몰라요. 그러니 각 주에서 모여든 많은 엘리트들을 대상으로 시각 인식에 관한 이론과 기술을 정규 과목으로 채택한 저명한 웬트브리지 대학교에서 정적·동적 기하학을 가르치는 박식한 교수들은 대체 얼마나 재능이 출중한 분들일까요.

이런 고상하고 가치 있는 기술을 완벽하게 수행하려면 그만큼 시간과 돈이 필요한데, 그런 시간과 돈을 지불할 수 있는 사람은 가장 부유한 최상류층 가문 출신 가운데서도 소수에 불과해요. 심지어 제법 평판이 높은 수학자이며, 촉망받는 완벽한 두 정육각형 손자를 둔 할아버지인 저조차도, 상류 계급 다각형들이 분주히 돌아다니는 한복판에 있을 땐 이따금 어찌나 혼란스러운지 모릅니다. 그러니 평범한 상인이나 농노에게 그런 광경이 이해되지 않는 건 당연하지요. 제 독자인 여러분이 별안간 우리 나라에 오게 될 경우 여러분 역시 그렇듯이 말이죠.

그런 무리들 속에서 여러분은 사방으로 온통 선들만, 아마도 직선들만 보일 겁니다. 그리고 그 선들의 일부가 시도 때도 없이 계속해서 선명하거나 희미하게 변하는 모습을 보게 될 테고요. 대학에서 오각형, 육각형 계급 사람들과 함께 3년 과정을 모두 마치고 이론을 완벽하게 익혔다 할지라도, 상류층 무리 속에서 나보다 신분이 높은 사람들과 부딪치지 않고 무난하게 지내려면 다년간의 경험이 필요하다는 걸 깨닫게 될 거예요. 그들에게 "당신을 느껴도" 되겠냐고 묻는 건 예의에 어긋나고, 그들은 자신들의 우월한 문화와 가정교육에 의해 여러분의 움직임을 모두 알고 있는 반면, 여러분은 그들에 대해 거의 혹은 전혀 아는 것이 없으니까요. 한 마디로, 다각형 사회에서 완벽하게 예의를 갖추어 행동하려면 다각형 자체가 되어야 하는 거죠. 적어도 제 경험에서 얻은 뼈아픈 교훈은 그렇습니다.

시각 인식에 대한 기술(저는 이것을 거의 본능이라고 생각합니다만)이 습관적인 실행에 의해, 그리고 "느낌"의 관습을 회피함으로써 얼마나 많은 발달이 이루어졌는지 놀랄 따름입니다. 여러분 나라에서 귀머거리들과 벙어리들이 수화나 점자를 사용하게 되면, 더 어렵지만 훨씬 유용한 기술인 입술로 말하고 읽는 시화를 습득하지 못할 거예요. "보기"와 "느끼기"와 관련해서 우리도 마찬가지랍니다. 다시 말해, 젊은 시절에 "느낌"에 의지한 사람은 완벽하게 "보는" 법을 결코 배우려 들지 않을 것이란 얘기죠.

이런 이유로 우리 나라의 상류 계급은 "느낌"을 장려하지 않거나 완전히 금한답니다. 상류층 아이들은 어릴 때 느낌의 기술을 가르치는 공립 초등학교에 다니지 않고, 특권층 자제들만 다니는 사립학교에 보내져요. 그리고 우리 나라의 일류 대학교에서 "느낀다"는 것은 상당히 심각한 결함으로 간주되어, 처음 위반할 땐 정학 조치를 받고 두 번째 위반할 땐 퇴학 조치를 받지요.

하지만 하층 계급에서 시각 인식 기술은 가당찮은 사치로 여겨집니다. 평범한 상인의 경우 아들이 인생의 3분의 1을 관념적인 학문에 허비하게 둘 형편이 못 돼요. 따라서 가난한 집 자식들은 아주 어릴 때부터 "느끼도록" 허용이 되고 그로 인해 일찍부터 조숙하고 쾌활한 모습을 보이지요. 처음엔 그런 모습이 아직 교육을 마치지 못한 다각형 계급 젊은이의 활기 없고 무기력하고 미성숙한 행동과 아주 좋은 대조를 이루곤 하죠. 하지만 다각형 계급 자녀들이 마침내 대학 과정을 이수하고 이론을 실행에 옮길 준비가 되면, 새로 태어났다고 해도 과언이 아닐 정도로 갑자기 확 달라져요. 예술, 과학, 사회 등 모든 분야에서 삼각형 경쟁자들을 빠르게 추월해 그들과 한참 거리를 두게 된답니다.

다각형 계급 가운데 대학교 최종 시험 즉 졸업 시험에 통과하지 못하는 사람은 소수에 불과해요. 그런데 이 실패한 소수의 상황이 정말이지 애처롭기 짝이 없습니다. 상층 계급에게는 거부를 당하고 하층 계급에게는 멸시를 당하니 말이에요. 이들은 학위가 있는 다각형들처럼 체계적으로 훈련을 받아 숙련된 능력을 갖추지도 못하고, 그렇다고 젊은 상인들처럼 타고난 조숙함과 활발한 다재다능함을 갖추지도 못하죠. 전문직과 공직으로 가는 길도 차단되고요. 그리고 이들에게 결혼이 정식으로 금지된 건 아니지만, 대부분의 주에서 정당한 혼인 관계를 맺기가 여간 어려운 게 아닙니다. 그도 그럴 것이, 그처럼 불운하고 재능 없는 부모의 자녀는 대개 그 자신도 불운하다는 걸 경험을 통해 심심찮게 보게 되니까요. 아예 확실히 불규칙하게 태어나지 않았다면 말입니다.

과거 큰 혼란과 폭동이 일어날 때면 주로 귀족 계급에서 떨어져 나온 이런 족속들 가운데서 지도자가 나왔어요. 거기서 오는 폐해가 어찌나 큰지, 차츰 증가하는 소수의 진보 정치인들은 그들을 완벽하게 진압하는 것이야말로 진정한 자비라고 주장할 정도입니다. 그래서 대학 졸업 시험을 통과하지 못한 사람은 전원 평생 동안 감옥에 갇히거나 고통 없는 죽음으로 생을 마감하도록 법을 제정해야 하지 않겠냐고 주장하기도 하죠.

이런, 어쩌다 보니 불규칙 도형 쪽으로 화제가 빗나갔군요. 이 주제는 중요한 이해관계가 달려 있는 만큼 다음 장에서 따로 말씀드리는 게 좋겠습니다.

7
불규칙 도형

◇

지금까지 저는 플랫랜드의 모든 인간을 규칙 도형, 다시 말해 규칙적인 구조로 이루어진 도형으로 상정했습니다. 어쩌면 이 내용은 기본 명제로 서두에 분명하게 밝히고 넘어가야 했을 것 같군요. 그러니까 제 말은, 여자는 단순히 선이 아닌 직선이어야 하고, 기능공이나 군인은 두 개의 변이 동일해야 한다는 겁니다. 마찬가지로 상인은 세 개의 변이 동일해야 하고, 법률가(황송하게도 저는 이 부류에 속합니다)는 네 변이 동일해야 하며, 일반적으로 모든 다각형은 모든 변이 동일해야 한다는 거죠.

변의 크기는 당연히 각 도형의 연령에 따라 다릅니다. 갓 출생한 여아의 길이는 약 1인치지만 키가 큰 성인 여성의 길이는 1피트로 늘어나지요. 모든 계급에서 남자의 경우, 성인 남자의 변의 길이를 합산하면 대략 2피트 내지 그보다 조금 길다고들 합니다. 하지만 제가 고려하는 것은 변의 길이가 아니에요. 지금 제가 말하려는 것은 **동일한 변의 길이**이며, 깊이 생각하지 않더라도 플랫랜드의 모든 사회생활은 자연의 의지, 즉 자연은 모든 도형의 변을 동일하게 만들려고 한다는 근본적인 사실에 근거한다는 것을 알 수 있습니다.

변의 길이가 동일하지 않을 경우 각의 크기도 동일하지 않겠지요. 단 하나의 각을 느끼거나 시각에 의해 평가하는 것으로는 도형의 형태를 정확히 판단할 수 없기에, 느낌이라는 실험을 통해 하나하나의 각을 확인하는 과정이 필요할 겁니다. 하지만 일일이 더듬어보는 따분한 행위를 하기에는 인생이 너무도 짧지 않겠어요? 시각 인식에 관한 모든 과학과 기술은 곧 사라질 테고, 느낌 역시 하나의 기술인 한 오래 지속되지 못할 겁니다. 서로 간의 교류는 매우 위험하거나 불가능해질 테고, 신뢰니 신중함은 모두 사라지며, 소박한 사교모임에서조차 누구도 안전하지 못할 거예요. 한 마디로, 문명은 야만의 상태로 퇴보하게 될 겁니다.

이런 빤한 결과들을 너무 성급하게 제시한 건 아닌지 모르겠네요. 그러나 잠깐만 생각해보면 우리의 전체 사회 시스템이 규칙성, 즉 모든 각의 동일한 크기를 바탕으로 한다는 사실을 쉽게 이해할 수 있을 테지요. 일상에서 일어나는 평범한 일을 한 가지만 떠올려

봅시다. 예를 들어, 거리에서 상인 두세 명을 만났다고 가정해보죠. 여러분은 그들의 각과 재빨리 희미해지는 변을 쓱 쳐다만 봐도 즉시 그들을 알아볼 겁니다. 그리고 언제 점심 먹으러 집에 한번 들르라고 그들을 초대하겠지요. 여러분은 완벽하게 확신하며 그렇게 할 겁니다. 모두가 성인 삼각형에 대해 속속들이 알기 때문이지요. 그런데 이 상인이 표준적인 아름다운 꼭짓점을 갖지 못한, 대각선의 길이가 12인치나 13인치인 평행사변형이라고 가정해보세요. 이런 괴물이 여러분 집 대문 앞에 턱 버티고 서 있다면 여러분은 어떻게 하시겠어요?

이런, 제가 스페이스랜드 주민의 장점을 지닌 사람이라면 누구나 빤히 아는 내용을 자세하게 열거해서 독자들의 지적 능력을 모욕하고 있군요. 그처럼 위협적인 상황에서는 하나의 각만 측정해서는 대상을 충분하게 파악하지 못할 거예요. 지인들의 둘레를 일일이 느끼거나 탐색하는 데만도 평생이 걸리겠지요. 사람들 무리 속에서 충돌을 피하기란 이미 너무나 어려운 일이고, 그건 교육을 잘 받은 총명한 사각형에게도 여간 힘든 일이 아닐 겁니다. 하지만 가까이에 있는 도형 하나의 규칙성조차 계산하지 못한다면 모두가 혼란과 혼돈을 겪을 테고, 아주 약간만 공황 상태에 빠져도 심각한 부상을 입게 될 거예요. 게다가 하필 근처에 여자나 군인이라도 있게 되면 상당한 인명 피해로 이어지겠죠.

그러므로 편의상, 형태의 규칙성에 승인 도장을 찍기로 자연과 의견 일치를 보았고, 법도 이에 질세라 그 노력을 지지하게 되었답니다. 우리에게 "도형의 불규칙성"이란 여러분에게 있어 부도덕과 범죄의 결합에 해당하거나 그 이상을 의미하고, 그에 따라 다루어집니다. 물론 기하학적 불규칙성과 도덕적 부정 사이에 필연적인 관련이 없다고 주장하면서 이치에 맞지 않는 말을 퍼뜨리는 이들도 없지 않습니다. 그런 사람들은 이렇게 주장하더군요. "불규칙 도형은 태어날 때부터 부모에게 조롱받고, 형제자매에게 비웃음당하며, 집안의 하인들에게 무시당한다. 사회에서는 멸시와 의심을 받고, 책임과 신뢰와 유용한 활동을 요하는 모든 직위에서 배제된다. 성년이 되어 심사를 받을 때까지 경찰에게 일거수일투족을 철저히 감시당하고, 검사 결과 지정된 편차를 넘어설 경우 죽임을 당한다. 그렇지 않으면 7급 사환 신분으로 관공서에 감금된다. 결혼은 금지되고 초라한 봉급을 위해 지루한 일에 매달려야 하며, 관공서 안에서 모든 생활과 기술이 이루어져야 하고 휴가 기간조차 엄격한 감시를 받아야 한다. 이런 환경이라면 아무리 고결하고 순결한 본성을 지닌 사람일지라도 인간성이 비뚤어지고 무너지는 것이 당연하지 않겠는가!"

이 모든 논리는 상당히 그럴듯해 보이죠. 하지만 불규칙 도형에 대한 관용은 국가의 안전과 양립할 수 없어요. 이 자명한 정책 원리가 조상들의 실수라는 주장은, 우리 나라 정치인 가운데 가장 현명한 사람이 수긍하지 않았듯이 저 역시 납득이 되지 않습니다. 그래요, 불규칙 도형들의 삶이 고통스러운 건 분명한 사실입니다. 그건 국민들 다수의 이익을 위해 어쩔 수가 없는 일이에요. 만일 앞은 삼각형이고 뒤는 다각형인 사람이 존재하고, 그가 아주 많은 불규칙 자손을 낳는다면 일상생활이 어떻게 될까요? 그런 괴물을 수용하기 위해 플랫랜드의 집, 문, 교회들을 바꾸어야 할까요? 극장에서는 매표원들이 그들을 입장시키기 전에, 강의실에서는 그들의 좌석을 마련하기 위해 미리 모든 사람의 둘레를 측정해야 할까요? 불규칙 도형들은 군대에서 면제되나요? 면제되지 않는다면, 전우들을 처참하게 해치지 않게 하기 위해 어떻게 해야 할까요? 어디 그뿐인가요? 사기 행위에 대한 거부할 수 없는 유혹은 이 괴물들을 얼마나 끈질기게 따라다니는지! 다각형의 앞모습이 보이도록 상점에 들어가서 인심 좋은 상인에게 물건을 주문하는 건 그들에게 식은 죽 먹기라고요! 자칭 박애주의자라는 이들이 불규칙 도형에 대한 형사법 폐지를 주장하겠다면 그러라고 하세요. 저는 불규칙 도형치고 위선자, 염세주의자, 능력이 닿는 한 온갖 폐해를 저지르고 다니는 가해자가 아닌 자는 한 사람도 보지 못했으니까요. 자연의 이치상 그들은 그렇게 태어난 겁니다.

물론 일부 주에서 채택하고 있는 극단적인 조치를 (지금 당장) 권하겠다는 건 아니에요. 그런 주에서는 갓 태어난 아기의 각도가 정상 각도에서 0.5도만 빗나가도 태어나는 즉시 처분해버리죠. 그러나 우리 나라에서 가장 신분이 높고 능력이 출중한 사람들, 대단한 천재들 가운데 일부는 아주 어린 시절, 정상 각도에서 45분 내지 그보다 훨씬 크게 벗어나 있었답니다. 아마 그때 소중한 생명을 잃었다면 우리 주에 돌이킬 수 없는 손해가 되었을 테죠. 게다가 치료 기술이 발달해 압축, 확장, 절개, 결합, 기타 외과적 수술이나 식이요법에서 빛나는 대성공을 거둔 덕분에, 불규칙 도형은 부분적으로 혹은 전체적으로 치료가 가능해졌어요. 그러므로 중도를 지지하는 저는 딱 정해진 절대적인 선을 긋지는 않을 겁니다. 하지만 불규칙 도형의 자손들이 이제 막 틀이 형성되려는 시기에 의료위원회로부터 회복 불가 판정을 받는다면, 고통 없이 자비롭게 처분되는 것이 마땅하다고 봅니다.

8
옛 사람들의 색채 관습

지금까지 이 책을 주의 깊게 읽어온 독자라면, 플랫랜드의 생활이 다소 지루하다는 사실에도 놀라지 않을 테죠. 물론 그렇다고 전쟁, 음모, 폭동, 당쟁 같이 역사를 흥미진진하게 만드는 온갖 사건들이 없다는 의미는 아닙니다. 인생의 문제와 수학의 문제가 기묘하게 뒤섞여 끊임없이 유추하고 즉각적으로 증명할 기회를 제공하는 플랫랜드의 일상은 어떤 열정을 느끼게도 하죠. 스페이스랜드 사람들은 좀처럼 이해할 수 없겠지만요. 우리 생활이 단조롭다는 건 미학적 관점이나 예술적인 관점에서 그렇다는 뜻입니다. 맞아요, 미학적, 예술적으로는 정말 지루하기 짝이 없어요.

주변의 풍경, 역사적인 작품, 초상화, 꽃, 정물이 죄다 하나의 선일 뿐 밝고 흐린 정도를 제외하면 도무지 변화라고는 찾아볼 수가 없는데 어떻게 지루하지 않을 수 있겠어요?

하지만 늘 그랬던 건 아니랍니다. 전해 내려오는 말이 사실이라면 아주 오랜 옛날, 대략 6세기가 넘는 기간 동안 색깔이 우리 조상들의 삶을 화려하게 만든 시기가 있었다고 해요. 당시 오각형인 어떤 개인(그는 여러 가지 이름으로 알려져 있어요)이 우연히 아주 단순한 색 몇 가지와 아주 기초적인 화법畵法을 발견해서 처음엔 자기 집을 꾸미다가 다음엔 하인들, 그 다음엔 아버지, 아들, 손자, 마지막으로 자기 자신을 꾸미기 시작했어요. 그렇게 꾸미고 나니 아름답기도 하고 편리하기도 해서 모두가 마음에 들어 했지요. 당시 매우 신뢰할 만한 권위자들은 그를 크로마티스테스(Chromatistes, 색채 화가)라고 부르기로 합의했답니다. 그가 색색으로 꾸민 자신의 몸을 돌릴 때면, 주위 사람들은 관심과 존경의 눈길을 보내곤 했죠. 이제 아무도 그를 "느낄" 필요가 없었고, 아무도 그의 앞모습과 뒷모습을 헷갈리지 않았지요. 주변 사람들은 예측 능력을 발휘해야 한다는 부담감 없이 그의 모든 움직임을 쉽게 확인할 수 있었어요. 아무도 그를 밀치지 않았고, 모두가 그에게 길을 비켜주었답니다. 색깔 없는 우리 사각형과 오각형들은 무식한 이등변삼각형 무리 사이를 지나갈 때면 종종 큰 소리로 우리의 존재를 알려야 하지만, 그는 지치도록 외쳐야 하는 수고를 들일 필요가 전혀 없었죠.

유행은 삽시간에 번졌습니다. 일주일도 안 되어 그 지역의 모든 사각형과 삼각형들이 이 크로마티스테스의 모습을 따라했고, 보수적인 소수의 오각형들만 계속 버티고 있었죠. 하지만 한두 달 뒤에는 십이각형까지 이 혁신적인 유행에 물들었고, 일 년이 지나지 않아 최고위층 귀족을 제외하고 모두에게 일종의 관습이 되었습니다. 그리고 이 관습은 말할 것도 없이 이내 크로마티스테스가 사는 지역에서 주변 지역으로 번졌고, 두 세대 만에 플랫랜드에는 여자와 성직자를 제외하고 흑백 차림으로 지내는 사람이 아무도 없게 되었지요.

이쯤 되자 자연이 장벽을 세워, 여자와 성직자 두 계급으로 혁신이 확산되는 걸 막으려는 것 같았습니다. 변의 수가 많다는 것은 혁신가들이 내세운 명분 가운데 거의 핵심이라고 할 수 있었지요. "자연이 변들을 구분한 것은 색깔을 다르게 칠하라는 뜻이다." 당시 이런 궤변은 입에서 입으로 전해졌고, 마침내 전 지역의 문화가 일제히 새롭게 바뀌었죠. 하지만 성직자와 여자들에게는 이런 격언이 전혀 해당되지 않았습니다. 여자들은 워낙 변이 하나뿐이고, 따라서 (복수형으로 현학적으로 말하면) **무변**(無邊, no sides)이니까요. 성직자들도 변들이 없어요. 그들은 외려 자기들이 하나의 선으로 이루어진 존재임을 입버릇처럼 자랑하고 다녔죠(여자들은 선이 하나밖에 없는 게 무슨 잘못인 양 토로하고 한탄했는데 말이에요). 적어도 성직자들 스스로는, 자신들이야말로 진정한 동그라미의 자격을 갖추었다고 주장했어요. 단순히 무수히 많은 수의 극히 작은 변으로 이루어진 고위층 다각형과는 차원이 다르다면서요. 하나의 선으로 이루어진 둘레, 다시 말해 원주를 지닌 축복받은 존재라는 주장이지요. 따라서 이 두 계급은 "변의 구분은 색의 구분을 의도한다"는 소위 자명한 이치에 아무런 영향을 받지 않았어요. 다른 사람들이 몸을 치장하는 재미에 푹 빠진 와중에도 성직자와 여자들만은 색깔에 오염되지 않고 순수함을 지켰던 거죠.

부도덕한, 방탕한, 무질서한, 비과학적인……. 그 시기를 뭐라고 부르든, 색채 반란이 일어난 오래전 그 시기는 미학적인 관점에서 플랫랜드 예술의 찬란한 유년기였어요. 아아, 결코 성인으로 무르익지 못하고 청년으로 꽃을 피우지도 못한 유년기였단 말입니다. 당시엔 산다는 것 자체가 기쁨이었어요. 산다는 건 곧 보는 것을 의미했으니까요. 심지어 소박한 파티에서 함께 모인 사람들을 바라보기만 해도 즐거웠어요. 교회나 극장에서는 모인 사람들의 색채가 어찌나 현란하던지 고매한 선생님들과 배우들의 집중을 크게 방해한 게 한두 번이 아니었다고들 하죠. 하지만 그 가운데 가장 황홀했던 건 이루 말할 수 없이 장엄한 열병식이었다고 합니다.

2만 명의 이등변삼각형이 전열을 갖춘 광경을 상상해보세요. 전 군대가 동작을 바꿀 때, 밑변의 칙칙한 검정색은 예각을 포함한 두 변의 오렌지색과 보라색으로 교체되지요. 정삼각형 민병대는 빨간색, 흰색, 파란색의 삼색으로 장식하고, 연보라, 군청, 자황, 암갈색으로 꾸민 사각형 포병대는 주홍색 총 주위를 빠르게 회전하고요.
5색, 6색으로 꾸민 오각형과 육각형들은 의무실, 기하학 연구원실,
부관실이 있는 현장을 번개처럼 빠른 속도로 종횡무진 누벼요. 이
모든 광경을 상상하고 있노라면, 어떤 저명한 동그라미가 자신이
지휘한 군대의 예술적인 아름다움에 도취된 나머지, 원수 지휘봉
과 왕관을 내던지고 이제부터 화가의 붓을 잡겠노라 외쳤다던 유명
한 일화를 믿지 않을 수 없을 것 같습니다. 틀림없이 이 무렵 감각적
으로 엄청나게 눈부신 발달이 이루어졌을 테고, 그건 이 시기의 언
어와 어휘를 보면 어느 정도 짐작이 됩니다. 색채 반란 시대에는 가
장 평범한 사람들이 구사하는 가장 평범한 말 속에서조차 단어나
생각에 풍부한 색깔이 배어 있었던 것 같아요. 그리고 지금까지 그
시대의 영향이 이어진 덕분에, 현대의 과학적인 말투 안에 여전히
아름다운 시와 리듬의 여운이 남아 있는 거지요.

9
보편 색채 법안

하지만 그러는 동안 지적인 기술은 빠르게 쇠퇴하고 있었습니다.

시각 인식 기술은 더 이상 필요하지 않았고, 따라서 더 이상 행해지지 않았어요. 기하학, 정역학, 동역학, 기타 유사한 문제에 대한 연구는 이내 불필요한 것으로 간주되었고, 대학에서조차 가치를 인정받지 못하고 무시되었죠. 시각 인식보다 아래 단계인 느낌의 기술은 초등학교에서 이내 같은 운명을 겪게 되었고요. 이등변삼각형 계급은 이제 더 이상 표본이 사용되지도 필요하지도 않다고 주장했어요. 그러면서 다른 계급의 교육을 위해 범죄자 계급을 각 학교에 공급하는 관행을 거부했죠. 과거 그들을 짓누르던 조공의 부담은 그들의 포악한 성질을 길들인 동시에 과잉 인구를 감소시키는 이중의 유익한 효과가 있었지만, 이제 그 부담에서 벗어나게 되자 이등변삼각형들은 더욱 무례해졌고 인구는 날로 늘어났답니다.

해가 갈수록 군인과 기능공 계급은 이제 자신들은 다각형 계급과 동등한 위치로 승격되었다고 주장하기 시작했어요. 색채 인식이라는 단순한 과정을 통해 세상의 모든 어려움에 맞설 수 있을 뿐 아니라 정역학이든 동역학이든 인생의 모든 문제를 해결할 수도 있게 되었다면서요. 그러니 최고위 계급인 다각형과 큰 차이가 없지 않느냐고 더욱 강력하게 주장해댔죠. 실제로 그렇기도 했고요. 군인과 기능공 계급은 시각 인식이 자연스럽게 사라지는 것에 만족하지 않았습니다. 모든 "독점적, 귀족적 기술"의 법적 금지, 그에 따른 시각 인식, 수학, 느낌에 관한 모든 연구기금의 전면 폐지를 대담하게 요구하기 시작했던 겁니다. 그리고 곧이어 제2의 천성인 색깔이 시각 인식 기술 같은 귀족적 구분법을 불필요하게 만들었으니 법률도 같은 길을 따라야 한다고 주장했죠. 그러면서 향후 모든 개인과 계층은 동등하게 인식되고 동등한 권리가 주어져야 한다고 주장하기 시작했습니다.

고위층 사람들이 우왕좌왕 우유부단한 태도를 보이자, 혁명 지도자들은 더욱더 많은 것을 요구했어요. 마침내 성직자와 여자들까지 포함하여 모든 계층에게 예외 없이 색을 칠하도록 강요함으로써 색깔에 경의를 표하게 했다더군요. 성직자와 여자들은 변이 없어 안 된다고 항의했죠. 그러자 혁명 지도자들은 모든 인간의 앞모습 절반(다시 말해, 눈과 입이 포함된 절반)과 뒷모습 절반이 구분되어야 한다는 편의성은 자연의 원리에 부합한다고 응수했답니다. 그리하여 그들은 플랫랜드의 모든 주가 참석한 정기의회와 임시의회에서 모든 여자들은 눈과 입이 포함된 절반은 붉은 색으로 나머지 절반은 초록색으로 칠해야 한다는 법안을 제출했어요. 성직자들이라고 예외가 될 수 없었지요. 성직자들은 눈과 입이 중심점을 이루는 반원에는 붉은 색을, 나머지 뒤편 반원에는 녹색을 칠해야 했습니다.

이 제안에는 교활한 술책이 적지 않았는데, 사실 이것은 이등변 삼각형의 머리에서 나온 게 아니었어요. 그런 국정 운영 모델을 평가할 정도의 각을 가져본 적도 없는 천한 존재가 아무렴 그런 걸 생각해냈을 리가 있겠어요. 어릴 때 처리되지 않고 살아남은 어떤 불규칙 동그라미의 머리에서 나온 거랍니다. 어리석은 면벌부 덕에 살아남은 그는 결국 국가를 황폐하게 만들고 수많은 추종자들을 파멸로 이끌고 말았지요.

한편 이 제안에는 계급을 막론하고 모든 여성을 색채 혁명으로 끌어들이려는 속셈이 들어 있었어요. 혁명가들은 성직자에게 지정한 두 가지 색깔을 여성에게도 똑같이 지정함으로써, 특정한 위치에서는 여성을 성직자처럼 보이게 했답니다. 여성도 성직자와 똑같은 존경과 존중을 받게 하려는 의도였죠. 그렇게 하면 틀림없이 전체 여성을 자기들 편으로 끌어들일 수 있을 거라고 계산했던 겁니다.

그런데 새로 제정된 법률 하에서 성직자와 여성의 외모가 동일하게 보일 수 있다는 사실이 쉽게 이해되지 않는 분도 계실지 모르겠군요. 그런 분들의 이해를 돕기 위해 약간의 설명을 덧붙이겠습니다.

새 법규에 따라 적절하게 몸을 꾸민 여자를 상상해보세요. 앞모습의 절반(즉, 눈과 입이 포함된 부분)은 빨간색이고 뒷모습의 절반은 초록색으로 칠해졌을 거예요. 이제 한쪽에서 여자를 바라보세요. 틀림없이 하나의 직선만 눈에 들어올 겁니다. 반은 빨간색, 반은 초록색인 직선 말이에요.

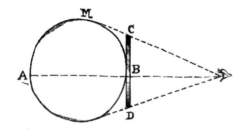

그럼 이제 성직자의 모습을 상상해볼까요? 입이 M에 위치하므로, 앞모습의 반원(AMB)은 빨간색, 뒷모습의 반원은 초록색으로 칠해질 겁니다. 지름 AB를 기준으로 빨간색과 초록색으로 나뉘는 거지요. 이 훌륭한 인물을 가만히 응시하면서 두 색깔을 나누는 지름(AB)과 같은 직선에 시선을 맞춰보세요. 여러분 눈에는 직선(CBD)

이 보일 테고, 그 가운데 절반(CB)은 빨간색이고 나머지 절반(BD)은 초록색일 거예요. 아마 전체 직선(CD)의 길이는 실물 크기 여자의 길이보다 훨씬 짧을 테고, 양 끝을 향해 더 빠른 속도로 희미해질 겁니다. 하지만 색깔은 같기 때문에 여러분은 곧바로 같은 계급이라고 믿어버리겠죠. 다른 상세한 부분은 무시한 채 말이에요. 시각 인식의 쇠퇴는 색채 반란 시기에 사회를 위협하는 요소였음을 기억하시기 바랍니다. 그리고 틀림없이 여자들은 동그라미를 모방하기 위해 양 끝을 희미하게 만드는 법을 서둘러 배우려 들었을 거라는 사실도 염두에 두세요. 그렇다면 독자 여러분, 이제 확실히 이해되시겠죠. 색채 법안으로 인해 우리는 성직자와 젊은 여성을 혼동하는 커다란 위험에 처하게 되었다는 사실을 말입니다.

힘없는 여성에게 이런 가능성이 얼마나 매력적으로 다가왔을지 짐작이 가고도 남습니다. 그들은 이처럼 혼란스런 상황이 일어나길 기쁘게 고대했어요. 여자들은 아마 집에서 자신들이 아닌 남편과 남자형제들만 알아야 할 정치적, 종교적 비밀을 들었을 거예요. 그리고 심지어 성직자 동그라미의 이름으로 명령을 내리기도 했을 테죠. 다른 색은 첨가하지 않고 오직 빨강과 초록으로만 이루어진 강렬한 색 조합 때문에 집을 나서면 일반 사람들은 성직자와 여자를 계속 헷갈려 했을 겁니다. 덕분에 동그라미들이 손해를 보든 말든 여자들은 행인들의 존경을 받았겠죠. 그런가 하면 여자들이 경박하고 부적절하게 행동해도 동그라미 계급이 그랬다고 추문이 돌아 동그라미들에게 책임이 전가되기도 했답니다. 그로 인해 헌법이 파괴되어도 여자들이 거기에 신경을 쓸 거라고는 기대할 수 없었어요. 동그라미 계급의 가정에서조차 여자들은 이 보편 색채 법안에 적극 찬성했을 정도니까요.

이 법안이 노린 두 번째 목적은 동그라미들을 차츰 타락시키는 것이었습니다. 전반적인 지식의 쇠퇴에도 불구하고 그들은 여전히 오염되지 않은 정결함과 이해력을 유지해왔어요. 어릴 때부터 색깔이 전혀 없는 동그라미 가정에 익숙한 이 귀족들만이 신성한 시각 인식 기술을 간직했던 겁니다. 그것은 훌륭한 지적 훈련이 가져온 결과였어요. 그리하여 보편 색채 법안이 도입될 때까지 동그라미들은 대중적인 유행을 멀리함으로써 자신을 지켰어요. 그뿐만 아니라 차츰 다른 계급들보다 우세해지기까지 했죠.

그러자 제가 위에서 언급했던, 이 극악무도한 법안의 실질적인 입안자인 교활한 불규칙 동그라미가 고위층 성직자의 지위를 강등시키기로 했어요. 이들이 색채를 사용하도록 강요하면서 말이죠. 동시에 그들 가정에서 시각 인식 기술을 훈련시킬 기회를 완전히 박탈하기로 일거에 결정을 내렸습니다. 그들에게서 순수한 무색의 가정을 빼앗아 지능을 약하게 만들려는 속셈이었죠. 일단 색깔에 오염되자, 부모 동그라미와 자녀 동그라미들은 서로 허둥대기 시작했어요. 동그라미 아기들은 아버지와 어머니를 구분하는 것에서조차 이해력에 문제를 보였답니다. 그런데 사실 이런 문제는 모든 논리적인 결과에 대한 아이의 믿음을 흔들어놓은 어머니의 기만적인 행위로 인해 굉장히 자주 벌어졌을 거예요. 따라서 성직자 계급의 지적인 광채는 차츰 그 빛을 잃어갔어요. 이제 모든 귀족적 입법 기관이 총체적으로 파괴되고 특권 계층이 전복될 날이 코앞에 닥치게 되었습니다.

10
색채 반란 진압

보편 색채 법안의 지지를 받기 위한 선동은 3년 동안 계속되었습니다. 정말이지 마지막 순간까지도 당연히 무정부 상태가 승리할 것만 같았지요.

나중에 다각형 군대가 사병으로 나서서 싸웠지만, 이등변삼각형의 우세한 병력에 의해 전군이 섬멸되고 말았어요. 그 와중에도 사각형과 오각형은 여전히 중립을 지켰고요. 더 최악의 사태는 가장 유능한 동그라미 몇 명이 격렬한 부부 싸움으로 희생되었다는 거예요. 많은 귀족 계급 가정에서는 정치적인 의견이 달라 극도로 화가 난 부인들이 색채 법안 반대를 당장 중단하라고 남편을 들들 볶아 지치게 만들었답니다. 어떤 부인은 아무리 애원해도 소용없다는 걸 알고는 죄 없는 자식과 남편에게 달려들어 그들을 살해했고, 그 같은 살육을 저지르면서 자신도 몹시 괴로워했어요. 기록에 따르면 선동이 일어난 3년 동안 적어도 23명 이상의 동그라미가 가정불화로 비명횡사했다고 해요.

사태가 이만저만 위태로운 게 아니었습니다. 성직자들은 복종과 몰살 사이에서 선택의 여지가 없어 보였죠. 그때 한 가지 재미있는 사건이 벌어지면서 사태의 방향이 별안간 완전히 달라졌습니다. 정치인들은 이 사건을 결코 묵과할 수 없었어요. 가끔은 그런 사건을 예상했을 테고, 어쩌면 직접 조작했을지도 모르죠. 대중의 동정심에 호소해야 할 만큼 권력이 말도 못하게 약해진 상태였으니까요.

기껏해야 4도가 조금 넘을까 말까 하는 지능을 지닌 제일 하급 수준의 이등변삼각형이 어느 상인의 상점을 약탈하러 들어갔다가 우연히 상인의 물감에 살짝 손을 대게 되었습니다. 그러다가 십이각형의 열두 가지 색깔로 직접 몸을 칠했다고도 하고 색이 칠해졌다고도 하고 이야기마다 내용은 분분해요. 아무튼 이후에 그는 시장에 가서 목소리를 꾸며 한 아가씨에게 다가갔어요. 이 아가씨는 부모를 모두 잃은 다각형 귀족의 딸이었는데, 며칠 전 그에게 구애를 받았지만 거절했답니다. 그런데 계속해서 속임수를 쓴 데다 일련의 운 좋은 사건들이 겹쳐 마침내 이등변삼각형은 아가씨와 결혼해 첫날밤을 치르는 데 성공했어요. 신부 친척들의 상상할 수 없는 우둔함과 부주의한 태도도 한몫했죠. 하지만 불행한 아가씨는 속 았다는 사실을 깨닫고 스스로 목숨을 끊고 말았답니다.

이 안타까운 소식이 주에서 주로 퍼지자 여자들의 마음에 격렬하게 동요가 일어났죠. 가련한 희생자를 향한 동정심, 자신은 물론 자매와 딸들도 비슷한 사기를 당할 수 있다는 걱정으로 이제 여자들은 전혀 새로운 관점에서 색채 법안을 평가하게 되었지요. 적지 않은 여자들이 이제부터 이 법안에 반대하는 입장으로 돌아서겠다고 공개적으로 선포했고, 나머지 사람들도 약간의 자극만 주어진다면 주저 없이 그렇게 공언할 태세였습니다. 이런 유리한 기회를 놓칠 세라 동그라미들은 서둘러 임시의회를 소집했어요. 그리고 평소처럼 죄수들을 경호대로 세우는 한편 많은 극보수파 여성의 참석을 확보했습니다.

전례 없이 많은 군중들 한가운데서 당시 의장 동그라미는 ─ 그의 이름은 팬토사이클러스Pantocyclus였습니다 ─ 12만 이등변삼각형의 야유를 받고 있었지요. 하지만 그가 이제부터 동그라미들은 양보 정책에 돌입하겠다고 발표하자 일순간 조용해졌고, 다수의 바람을 인정하여 색채 법안을 받아들이겠노라고 선포하자 소란은 즉시 환호로 바뀌었어요. 의장은 선동의 지도자인 크로마티스테스를 홀 중앙으로 안내하고는 그에게 추종자들을 대표해서 성직자 계급의 항복을 받아줄 것을 청했어요. 그런 다음 연설이 거의 하루 종일이어졌는데, 수사가 뛰어난 걸작으로 원문을 훼손하지 않고는 그것을 요약하는 것이 불가능할 정도였답니다.

의장 동그라미는 공명정대한 태도가 깃든 근엄한 표정으로 선언했습니다. 그들이 마침내 개혁이나 혁신에 헌신하기로 했다며 전체 사안의 한계와 그 장단점을 최종적으로 한 번 더 살펴보는 것이 바람직할 거라고요. 그런 다음 상인들과 전문가 계층, 귀족들에게 닥친 위험을 언급하기 시작했어요. 이등변삼각형들이 웅성거렸지만, 이 모든 결함에도 불구하고 다수가 찬성한다면 기꺼이 법안을 받아들이겠노라고 상기시킴으로써 그들의 입을 다물게 만들었지요. 하지만 분명한 건 이등변삼각형을 제외한 모두가 의장의 연설에 감동을 받아, 법안에 대해 중립적이거나 반대하는 입장이 됐다는 겁니다.

이제 의장은 노동자들을 향해 돌아서서 말했습니다. 노동자들의 이익을 간과해서는 안 되며, 그들이 색채 법안을 받아들일 생각이라면 적어도 결과를 충분히 검토한 후에 그렇게 해야 한다고요. 그리고 계속해서 이렇게 말을 이었어요. 노동자 가운데 다수가 이제 곧 정삼각형 계급에 편입될 시점에 와 있다. 그렇지 못한 사람들도 본인은 희망할 수 없었던 탁월한 특징이 자녀들에게 이미 나타나고 있다. 하지만 이제 그처럼 훌륭한 포부를 단념해야 할 것이다. 보편 색채 도입으로 더 이상 탁월한 특징이 드러나지 않을 터이기 때문이다. 규칙 도형은 불규칙 도형과 혼동될 것이고, 발전은 퇴보에 자리를 내어줄 것이며, 몇 세대 후 노동자는 군인 계급이나 죄수 계급으로 강등될 것이다. 정권은 최대 다수, 다시 말해 범죄자 계급의 손에 놓이게 될 터이다. 이들은 이미 노동자보다 더 많은 수를 차지하고 있으며, 통례적인 자연의 보상 법칙이 훼손될 때는 다른 모든 계급을 다 합한 것보다 그 수가 훨씬 더 많아질 것이다.

이 말에 수긍하는 낮은 웅얼거림이 기능공 계급 사이에서 번지자, 놀란 크로마티스테스가 앞으로 나와 그들을 설득하려 했어요. 하지만 이내 경호원들에게 에워싸여 입을 다물 수밖에 없었죠. 그동안 의장 동그라미는 짧게 열변을 토하며 마지막으로 여자들에게 호소했어요. 색채 법안이 통과될 경우 앞으로의 어떤 결혼도 안전을 보장받을 수 없으며 여자들의 명예를 지킬 수 없을 것이다, 모든 가정에 사기와 기만과 위선이 만연할 테고 가정의 행복은 헌법과 운명을 함께 하여 즉시 지옥 같은 파멸로 넘어갈 것이다, 라고 외치면서 말이에요. 그리고 이렇게 소리쳤어요. "하지만 그러기 전에 먼저, 죽음이 다가올 것입니다."

이 말은 다음 행동을 위해 사전에 계획된 신호였어요. 말이 떨어지자 이등변삼각형 죄수들은 이제 딱한 처지가 된 크로마티스테스에게 달려들어 뾰족한 끝으로 그를 찔렀어요. 규칙 도형 계급들은 횡렬 대열을 열어 여자들에게 길을 내주었죠. 여자들은 동그라미들의 지시에 따라 눈에 띄지 않도록 등쪽을 앞으로 향하고는 아직

사태를 파악하지 못한 군인들을 정확히 겨누어 그들을 향해 움직였어요. 기능공들도 자기들보다 높은 계급의 뒤를 이어 횡렬 대열을 열었고, 그러는 사이 몇 무리의 죄수들은 촘촘하게 대열을 형성해 모든 출입문을 막아버렸지요.

그 전투, 아니 대학살은 삽시간에 마무리되었습니다. 동그라미들의 노련한 지휘 아래 거의 모든 여자들이 앞으로 돌격해 상대에게 치명상을 입혔고, 대부분 아무런 부상 없이 날카로운 침을 다시 뽑아 두 번째 학살을 준비했어요. 하지만 두 번째 돌격은 필요하지 않았죠. 이등변삼각형 폭도들이 저희들끼리 죽고 죽이다가 끝나버렸으니까요. 가뜩이나 당황한 상태에서 리더는 없지, 앞에서는 보이지 않는 적들에게 공격을 당하고 뒤에서는 죄수들에 의해 출구가 차단되자 그들은 본래의 습성대로 즉시 침착성을 잃고 외치기 시작했어요. "배신이다!" 이 외침이 그들의 운명을 결정지었죠. 이제 모든 이등변삼각형은 사방에서 적의 모습을 보고 느꼈어요. 그렇게 30분도 안 되어 그 많은 무리들 가운데 단 한 사람도 살아남지 못했답니다. 서로의 각에 찔려 죽은 범죄자 계급의 파편 14만 개만이 기존 체제의 승리를 증명할 뿐이었지요.

동그라미들은 지체하지 않고 자신들의 승리를 최대한 밀어붙였어요. 자비를 베푼 것도 잠시, 이내 노동자 계급을 섬멸했어요. 정삼각형 민병대가 소집되었고, 합리적인 이유로 불규칙 도형으로 의

심되는 모든 삼각형들은 군법 회의에서 사형을 당했어요. 사회위원회의 정확한 측정이라는 형식상의 절차도 거치지 않은 채 말이죠. 군인과 기능공 계급의 가정은 일 년 이상 확대된 감찰 기간 내내 감시를 받았고, 그 기간 동안 모든 시내와 마을과 촌락에서는 다수의 하층 계급이 체계적으로 숙청을 당했습니다. 이들은 학교와 대학교에 교육 목적의 범죄자를 제공하지 않아 생긴 과잉 인구였죠. 또한 플랫랜드 헌법인 자연법을 위반한 결과이기도 했습니다. 이렇게 해서 계급의 균형이 다시 회복된 겁니다.

말할 것도 없이 이후로는 색을 사용할 수도 소유할 수도 없게 되었습니다. 심지어 동그라미나 자격을 갖춘 과학 교사들 외에는, 색을 의미하는 단어를 입 밖에 내기만 해도 엄중한 처벌을 받았죠. 우리 대학의 가장 수준 높고 매우 비밀스러운 일부 강의에서만 심오한 수학 문제를 설명하기 위한 목적에 한해 약간의 색을 사용하는 것이 아직 허용되고 있다고 해요. 하지만 저에게는 그 강의에 참석할 특권이 주어진 적이 없어서, 소문으로 들은 내용을 말할 뿐입니다.

이제 플랫랜드 어디에서도 색깔은 존재하지 않아요. 살아 있는 사람 가운데 색깔 제조 기술을 아는 사람은 단 한 사람, 현직 동그라미 의장뿐입니다. 이 기술은 그가 임종을 맞을 때 그의 후임자에게만 전해지지요. 단 한 곳의 작업장에서만 색을 만들 수 있으며, 비밀이 누설되지 않도록 해마다 연구원을 제거하고 새 연구원을 들입니다. 지금도 우리 나라 귀족들은 보편 색채 법안으로 인해 소란이 벌어졌던 아득히 먼 옛날을 떠올릴 때마다 무시무시한 공포를 느낀답니다.

11
성직자

지금까지 플랫랜드에서 일어난 일들을 간략하게 두서없이 알려 드렸다면, 이제 이 책의 중심 사건으로 건너갈 때가 된 것 같군요. 제가 스페이스랜드라는 신비의 세계를 처음 접하게 된 계기에 대해서 말입니다. 사실 그것이 이 책의 주제이며, 지금까지의 모든 내용은 서문에 불과하다고 할 수 있어요.

이런 이유로 많은 내용을 생략해야 했지만, 자랑을 조금 해보자면 그 내용 가운데 상당 부분이 꽤나 흥미롭다는 겁니다. 예를 들면, 우리는 발이 없지만 나름의 방법으로 앞으로 나가고 멈출 수 있어요. 당연히 우리는 손도 없고, 여러분처럼 밑 부분을 땅에 댈 수도 없으며, 땅의 측면 압력을 이용할 수도 없지요. 하지만 나무나 돌,

벽돌 같은 구조물에 몸을 고정시킬 방법이 마련되어 있답니다. 여러 지역들 사이로 비를 내리게 해서 남쪽 지역에 떨어지는 습기를 북쪽 지역이 가로채지 못하게도 하지요. 우리에겐 언덕과 광산, 나무와 식물, 계절과 수확 등의 자연 현상도 존재해요. 직선 모양 서판에 적합한 철자도 있고 직선의 끝에 알맞게 적응한 눈도 있지요. 그밖에 백여 가지 이상의 물리적 실체들에 대한 상세한 내용은 언급하지 않고 지나가는 것이 좋겠습니다. 단, 제가 이 내용들을 생략하는 이유가 기억을 하지 못해서가 아니라 독자 여러분의 시간을 배려하기 위해서라는 걸 말씀드리고 싶군요.

하지만 본격적인 주제로 넘어가기 전에, 독자 여러분은 제가 플랫랜드 헌법의 기둥이자 중심에 대해 마지막으로 간단하게 짚고 넘어가길 기대하실지 모르겠습니다. 우리의 행동과 운명을 결정지으며 경의의 대상이기도 한 분들, 이들이 바로 우리 나라의 동그라미, 즉 성직자라는 건 굳이 말씀드리지 않아도 아시겠죠?

제가 그들을 성직자라고 불렀을 때, 이 용어는 여러분이 알고 있는 의미에 그치지 않습니다. 우리에게 성직자들은 사업과 예술과 과학의 모든 분야를 관장하는 관리자입니다. 무역, 상업, 군대, 건축, 기술, 교육, 정치, 법, 도덕, 종교의 지휘관이기도 하죠. 그들 자신은 아무 일도 하지 않지만, 그들은 다른 사람들이 하는 모든 일, 할 만한 가치가 있는 일의 궁극적 원인입니다.

혼히 동그라미라고 불리는 모든 대상은 동그라미 형태일 것으로 여겨지지만, 교육을 많이 받은 계급 사이에서는 어떠한 동그라미도 진정한 동그라미가 아니라, 무수히 많은 아주 작은 변으로 이루어진 다각형일 뿐이라는 걸 알고 있어요. 변의 수가 많을수록 다각형은 동그라미에 가깝지요. 그리고 변의 수가 300~400개처럼 아주 많은 경우, 아무리 섬세하게 만져보아도 다각형의 각을 느끼기가 무척 어렵답니다. 아니, 어려울 것 같다고 말하는 게 좋겠어요. 앞에서 말씀드렸다시피, 느낌에 의한 인식은 최고위층 사회에서는 잘 모르는 방식이기도 하고, 동그라미를 느낀다는 건 아주 무엄한 모독으로 간주될 테니까요. 이렇게 상류사회에서 느낌을 자제하는 관습 때문에 동그라미들은 더욱 쉽게 신비의 베일을 유지할 수 있는 거죠. 아주 어릴 때부터 자기 둘레의 정확한 본질인 원주를 숨기곤 하던 베일을 말입니다. 평균 둘레 길이가 3피트이고 300개의 변을 지닌 다각형의 경우, 각 변의 길이는 고작해야 1피트의 100분의 1, 다시 말해 1인치의 10분의 1에 지나지 않아요. 600~700개의 변을 지닌 다각형의 경우 각 변의 길이는 스페이스랜드에 있는 바늘 끝의 지름보다 약간 클 겁니다. 현직 의장 동그라미는 관례상 일단 1만 개의 변을 지닌 것으로 간주되고 있어요.

동그라미 후손들의 사회적 지위 상승은 하층 계급의 규칙 도형처럼, 변의 개수를 각 세대마다 하나씩만 늘리도록 제한하는 자연법칙에 제약을 받지 않아요. 그럴 경우 동그라미의 변의 개수는 단순히 혈통과 산수의 문제가 되겠죠. 그리고 정삼각형의 497대 후손은 필연적으로 500개의 변으로 이루어진 다각형이 되어야 할 테지만, 실제로는 그렇지 않습니다. 자연법칙은 동그라미의 번식에 영향을 미치는 두 가지 상반된 법령을 규정하고 있어요. 첫째는 그 일족이 더 높은 발달 단계로 올라갈수록 발달이 가속도로 일어난다는 것이고, 둘째는 동일한 비율로 그 일족의 생식력이 떨어진다는 겁니다. 그 결과 400~500개의 변으로 이루어진 다각형 가정에서 아들을 발견하기란 드문 일이고, 아들을 둘 이상 둔 집은 결코 찾을 수가 없어요. 그런가 하면 500개의 변으로 이루어진 다각형의 아들은 550개, 심지어 600개의 변을 지닌 것으로 알려져 있죠.

더 높은 진화 과정을 돕는 데에는 기술도 한몫한답니다. 의사들은 상류층 다각형 아기의 작고 연약한 변이 쉽게 깨어질 수 있다는 걸 발견하고, 아기의 전체 골격을 어떤 경우 200~300개의 변을 지닌 다각형으로 아주 정밀하게 재설정해요. 이 과정에서 심각한 위험이 수반되기 때문에 절대로 모든 아기들에게 수술을 할 수는 없습니다. 하지만 간혹 수술이 성공하면 2, 3백 세대를 훌쩍 뛰어넘게 되지요. 말하자면 조상의 수와 후손의 신분적 지위가 단번에 두 배가 되는 셈이죠.

이 과정에서 앞날이 창창한 많은 어린 아이들이 희생되고 있어요. 열 명 가운데 한 명이 생존할까 말까 하지요. 하지만 동그라미 계급 가운데 소위 비주류에 속하는 다각형 부모들은 욕심이 어찌나 큰지, 그 정도 사회적 위치의 가정에서 생후 1개월도 안 된 장남을 '동그라미 신-치료법 김나지움'에 보내지 않는 귀족을 찾기란 거의 드문 일이랍니다.

그렇게 김나지움에 보내진 아이들은 일 년 후에 성공과 실패가 결정되지요. 일 년이 끝날 무렵이면 신-치료법 김나지움의 묘지를 가득 메운 묘비에 틀림없이 아이의 묘비가 하나 더 추가될 겁니다. 하지만 드문 경우, 아이는 반가운 결과를 얻어 더 이상 다각형이 아닌, 적어도 관례적으로는 인정받는 동그라미가 되어 기쁨에 겨운 부모 품으로 돌아가게 됩니다. 대단히 운 좋은 한 가지 사례에 기대어 수많은 다각형 부모들이 비슷한 희생을 감수하지만, 전혀 다른 결과를 얻는 거죠.

12
성직자의 가르침

◇

    동그라미들의 교리는 아마도 "자신의 형태를 돌보라"라는 한 가지 격언으로 간략하게 요약할 수 있을 겁니다. 정치든 종교든 도덕이든 그들의 모든 가르침은 개인과 집단의 형태 개선을 목적으로 하지요. 물론 다른 어떤 목적들보다 더 중요한 동그라미의 형태를 기준으로 해서 말입니다.

    고대의 이단 종교들을 효과적으로 금한 것은 동그라미의 공로가 아닐 수 없습니다. 이단 종교들은 품행이 의지나 노력, 훈련, 용기, 칭찬 등 형태가 아닌 다른 것에 달려 있다는 헛된 믿음을 주입해 에너지와 동정심을 낭비하게 만드니까요. 형태가 그 사람을 만든다고 주장하며 제일 처음 인류를 설득한 사람은 팬토사이클러

스입니다. 제가 앞에서 언급한 저명한 동그라미로 색채 반란의 진압자였죠. 그의 말은 이런 의미입니다. 예를 들어, 여러분이 이등변삼각형으로 태어났는데 두 변의 길이가 동일하지 않을 경우, 이를 고치려고 하지 않는 건 분명히 잘못일 거예요. 따라서 변의 길이를 동일하게 만들기 위해 이등변삼각형 병원에 가야 하지요. 마찬가지로, 여러분이 불규칙 형태의 삼각형이나 사각형, 다각형으로 태어난다면, 역시나 질병을 치료하기 위해 규칙적인 형태로 만들어줄 병원에 가야 합니다. 그렇지 않으면 주립 교도소에 갇히거나 사형 집행인의 각에 찔려 생을 마감하게 될 겁니다.

아주 사소한 위법 행위에서 극악무도한 범죄에 이르기까지 모든 잘못이나 결함을, 팬토사이클러스는 신체 형태의 완벽한 규칙성에서 벗어난 탓이라고 생각했어요. 그리고 선천적인 이유가 아니라면 그 원인은 아마도 사람들 사이에서 부딪혔거나, 운동을 게을리 했거나 혹은 지나치게 많이 했기 때문이라 여겼죠. 아니면 갑작스런 기후 변화로 몸에서 가장 취약한 부분이 줄어들거나 늘어났기 때문이라 여기든지요. 그러므로 이 저명한 철학자는 냉철하게 평가할 때, 좋은 행동이나 나쁜 행동은 칭찬이나 비난을 할 적합한 대상이 아니라고 결론을 내렸습니다. 예를 들어, 어떤 사각형이 고객의 이익을 성실하게 지켰다고 해도 우리가 칭찬할 것은 정직함이 아니라 사각형의 직각이라는 거죠. 마찬가지로 이등변삼각형의 변이 도저히 치료가 불가능할 정도로 크기가 제각각인 걸 애석하게 여겨야

지, 왜 그의 거짓말이나 도벽을 비난해야 하느냐는 거예요.

이 원칙은 이론적으로는 반박의 여지가 없어 보이지만 현실적으로 문제가 있습니다. 이등변삼각형의 문제를 다룰 경우, 이등변삼각형 무뢰한이 자기 형태가 불균형하기 때문에 도둑질을 하지 않을 수 없었다고 변명한다면, 치안판사는 바로 그런 이유에서 이웃에게 골치 아픈 존재가 될 수밖에 없으므로 그에게 사형을 언도해야 한다고 대응할 겁니다. 그리고 모든 문제는 이런 식으로 결론이 나요. 하지만 제거, 즉 사형이라는 처벌이 불가능한 가정의 사소한 문제들의 경우에는 간혹 이 같은 형태 이론을 적용하기가 곤란할 때가 있습니다. 그리고 고백하건대 때때로 제 육각형 손자 녀석은 제 말에 복종하지 않고는 갑자기 기온이 변해서 둘레 길이를 감당하기 버거워 그랬다는 핑계를 댄답니다. 그러면서 이건 자기 잘못이 아니라 자신의 형태에 탓을 돌려야 한다느니, 이럴 땐 달달하고 맛난 걸 잔뜩 먹어야 힘이 난다느니 하면서 둘러대지요. 손자 녀석의 결론을 논리적으로 거부할 수도 없고 그렇다고 현실적으로 인정할 수도 없고, 참 난감한 노릇입니다.

제 경우, 논리적으로 꾸짖거나 벌을 주는 것이 손자 녀석의 형태에 잠재적으로 강한 영향을 주겠거니 여기는 것이 최선인 것 같더군요. 물론 그렇게 생각할 근거는 없지만 말입니다. 아무튼 이런 딜레마에서 벗어나려는 사람이 저만은 아니에요. 법정에서 판사로 앉아 있는 최고위층 동그라미들 가운데 상당수가 규칙 도형과 불규칙 도형을 향해 칭찬과 비난의 말을 하는 걸 자주 목격할 수 있습니다. 그리고 제가 직접 경험해봐서 아는데, 그들은 가정에서 아이들을 나무랄 때 "옳다" "그르다" 같은 단어를 아무 거리낌 없이 적극적으로 사용해요. 마치 이 단어들의 실재하고 인간이 정말로 둘 중 하나를 선택할 수 있다고 믿기라도 하는 것처럼 말이죠.

동그라미들은 형태를 모든 사람의 정신에 가장 중요한 개념으로 만들기 위해 정책을 수행하면서, 스페이스랜드에서 부모 자식 관계를 규정하는 계율의 성격을 뒤집어놓습니다. 여러분 나라에서 어린이는 부모를 공경해야 한다고 배우겠죠. 우리 나라에서는 가장 공경해야 할 대상이 동그라미에요. 그 다음으로 남자는 손자가 있으면 손자를, 없으면 아들을 공경해야 한다고 배웁니다. 그렇지만 그들을 "공경한다"는 건 "제멋대로 하도록 내버려 둔다"는 의미가 결코 아니에요. 그들의 이익을 최대화하기 위한 정중한 배려지요. 그리고 동그라미들은 아버지는 마땅히 자신의 이익을 후손의 이익 아래에 두어, 직계 후손의 복지뿐 아니라 전 국가의 복지를 증진시켜야 한다고 가르쳐요.

미천한 사각형이 감히 동그라미에게 어떤 약점이 있다고 말해도 좋을지 모르겠지만, 동그라미 체제의 약점은 제가 보기에 여자들과의 관계가 아닐까 싶습니다.

불규칙 도형의 출산 억제가 가장 중요한 사회문제인 만큼, 조금이라도 불규칙성이 보이는 집안의 여성은 적합한 결혼 상대자가 될수 없어요. 특히 후손의 사회적 신분이 규칙적으로 차츰 상승하길 바라는 사람에게는 말이죠.

남성의 불규칙성은 측정으로 알 수 있습니다. 하지만 여성은 모두 직선이라 겉으로는 모두 규칙적으로 보이지요. 그러므로 우리는 보이지 않는 불규칙이랄까, 즉 미래의 후손에게 불규칙을 물려줄 잠재성 같은 걸 확인하기 위한 다른 수단을 고안해야 해요. 이것은 국가의 보호와 관리 하에 신중하게 지켜져 내려온 족보를 통해 알 수 있는데, 만일 공인된 족보가 없다면 여자들은 결혼을 할 수 없습니다.

동그라미는 조상을 자랑스럽게 여기고, 장차 의장 동그라미가 될지 모를 후손에게 경의를 표하죠. 그러니 흠 없는 부인을 선택하기 위해 누구보다 신중할 거라고 생각하시겠지요? 하지만 그렇지 않습니다. 아마도 사회적 신분이 높아지면, 규칙 도형 부인을 선택하려는 관심이 줄어드나 봅니다. 출세지향적인 이등변삼각형은 정삼각형 아들을 낳을 희망에 부풀어, 조상들 가운데 단 한 명이라도 불규칙 도형이 있다 싶은 여자는 아내로 맞으려 하지 않아요. 그러나 사각형이나 오각형은 가문의 신분이 계속해서 상승하고 있다고 자신하기 때문에 5백 세대 위로는 조사하지 않는답니다. 육각형이나 십이각형은 부인의 혈통에 훨씬 신경을 덜 쓰는 편이고요. 어느 동그라미는 증조부가 불규칙 도형인 여자를 아내로 맞이한 것으로 조심스럽게 알려지고 있어요. 순전히 호색한의 경박한 우월감 때문이거나 아니면 여자의 매력적인 낮은 목소리에 반해서 말이에요. 우리는 이 낮은 목소리를 여러분보다 훨씬 "여성의 훌륭한 미덕"으로 여긴답니다.

그처럼 무분별한 결혼을 감행할 경우, 자녀에게 불규칙 양성 반응이 나오거나 자녀의 변의 길이가 크게 축소됩니다. 그렇지 않으면, 예상하시겠지만 아예 불임이 되거나요. 하지만 이런 폐해들이 속출해도 지금까지 불규칙 여성과의 결혼을 충분히 막지 못했어요. 고도로 발달된 다각형은 몇 개쯤 변을 잃는다 해도 쉽게 눈에 띄지 않을 테고, 위에서 설명한 신-치료법 김나지움에서 간혹 수술에 성공함으로써 보완이 되기도 하니까요. 게다가 동그라미들은 불임을 우수한 발달 법칙의 일환으로 기꺼이 받아들이고 있지요. 하지만 이런 폐해를 막지 못한다면 동그라미 계급의 점진적인 감소는 조만간 더욱 가속화될 테고, 더 이상 의장 동그라미를 배출하지 못하게 되면 플랫랜드의 체제는 무너지고 말겠죠.

해결 방안은 제시하지 못하면서 경고할 내용만 자꾸 떠오르는군요. 이번에도 여자들과의 관계에 대한 겁니다. 약 3백 년 전, 의장 동그라미는 여자들에 대해 이성이 부족하고 감정이 풍부하므로, 더 이상 이성적으로 다루어져서는 안 되고 어떠한 정신적 교육도 받아서는 안 된다고 선포했습니다. 그 결과 여자들은 더 이상 읽는 법을 배울 수 없게 됐고, 남편과 자식의 각의 수를 세는 정도의 산수조차 익힐 수 없게 되었죠. 그러다 보니 여자들의 지능이 세대를 거듭할수록 현저하게 낮아졌어요. 그리고 여성을 교육하지 않는 제도 혹은 정적주의가 여전히 만연해 있지요.

제가 걱정하는 건, 이 제도가 취지는 좋았지만 남자들에게 해로운 영향을 미칠 지경에 이르렀다는 겁니다.

지금 같은 상황에서 우리 남자들은 일종의 이중 언어로 생활해야 할 판이니 말입니다. 아니, 이중 마음이라고 해도 과언이 아닐 거예요. 여자들과 함께 있을 때 우리는 "사랑" "의무" "옳다" "틀리다" "동정심" "희망" 등 비이성적이고 감정적인 개념들을 말하죠. 이 개념은 실체를 갖고 있지 않으며, 넘치는 여성성을 통제할 목적 외에 어떠한 목적도 없는 허구예요. 반대로 우리 남자들끼리 있을 땐, 그리고 책 속에서는 완전히 다른 어휘를 사용하는데 거의 은어라고 할 수 있을 겁니다. 예를 들어 "사랑"은 "혜택에 대한 기대"라는 의미가 되고, "의무"는 "필요"나 "상응"이라는 단어로 바뀌지요. 다른 단어들도 그런 식으로 변형되고요. 그뿐 아니라 여자들과 함께 있을 땐 여성을 대단히 존중한다는 걸 암시하는 언어를 사용해요. 그래서 여자들은 자기들이 우리 의장 동그라미보다 훨씬 열렬한 숭배를 받고 있다고 철석같이 믿고 있습니다. 하지만 뒤에서는 "아무 생각 없는 유기체"보다 나을 게 없는 존재로 취급되고 또 그렇게 평가받고 있어요. 아주 어린 남자아이들을 제외하고 모두에게 말입니다.

신학 또한 여자들 응접실에서 이야기되는 신학과 바깥에서 이야기하는 신학이 완전히 다릅니다.

제 하찮은 두려움은, 사고뿐 아니라 언어에서 이 같은 이중 훈련이 어린 아이들에게 지나치게 부담을 주지 않을까 하는 겁니다. 특히 어머니 품에서 벗어나 이제까지 쓰던 언어를 잊고 과학적인 어휘와 관용어를 배워야 하는 세 살 무렵 아이들에게는 더욱 그렇습니다. 이전의 언어는 어머니와 보모 앞에서 이야기를 전달할 때만 필요하겠죠. 저는 3백 년 전 우리 조상들의 활발한 지성에 비해 오늘날의 우리는 수학적 진리를 파악하는 능력이 약하다는 걸 벌써 깨달은 것 같네요. 여자들이 남몰래 읽는 법을 배워 유명한 책 한 권을 정독한 뒤 다른 여자들에게 내용을 전달하는 것 같은 위험을 말하는 게 아니에요. 어린 아들이 분별없이 행동하거나 말을 듣지 않아 어머니가 논리적 대화술의 비밀을 알게 될 가능성을 말하는 게 아니라고요. 남성의 지적 능력이 약화되고 있다는 단순한 이유에서, 저는 여성의 교육 규제에 대해 재고할 것을 최고 행정부에 겸허히 간청하는 바입니다.

제2부
다른 세계들

"오, 멋진 신세계여,

이토록 근사한 사람들이 살고 있다니!"

13
라인랜드의 환영을 보다

우리 시대의 1999년을 이틀 남겨둔 날이자 긴 휴가의 첫날이었습니다. 저는 늦은 시간까지 좋아하는 취미인 기하학 문제를 풀면서 쉬다가 풀리지 않는 문제를 머릿속에 넣어둔 채 잠자리에 들었습니다. 그리고 그날 밤 꿈을 꾸었어요.

제 앞에 무수한 작은 직선들이(저는 당연히 여자들일 거라고 생각했어요) 그보다 훨씬 작은, 반짝이는 점 같은 다른 존재들과 한데 모여 있었어요. 가까이 들여다보니 모두가 동일한 하나의 직선 위를 이리저리 움직이고 있었습니다. 거의 같은 속도로 말이죠.

그들은 간격을 두고 움직였고, 움직일 때면 무슨 소리인지 모를

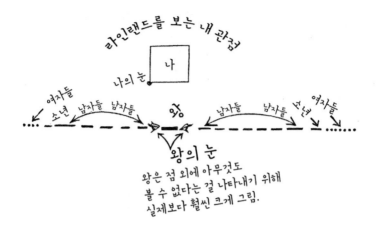

라인랜드를 보는 내 관점

나의 눈   나

여자들 소년 남자들 남자들   왕   남자들 남자들 소년 여자들

왕의 눈

왕은 점 외에 아무것도
볼 수 없다는 걸 나타내기 위해
실제보다 훨씬 크게 그림.

소리를 쉴 새 없이 재잘재잘 지껄이고 있었어요. 그러다 이따금 동작을 멈추었는데, 그럴 땐 일제히 조용해졌답니다.

　저는 여자일 거라고 짐작되는 직선 가운데 가장 큰 직선에게 다가가 말을 걸어보았지만 아무런 대꾸가 없더군요. 두세 번 더 다가가 보았지만 역시나 허사였습니다. 너무 무례하다 싶어 잔뜩 골이 나서 그녀의 입 앞에 내 입을 바싹 갖다 댔어요. 그 바람에 그녀는 동작을 멈추었고, 저는 큰소리로 아까 물었던 질문을 되풀이했습니다. "이보세요, 여자분. 이 많은 사람들이 무슨 일로 이렇게 모인 겁니까? 무슨 소린지 모를 이 이상한 재잘거림은 뭐고, 왜들 동일한 직선 위를 이리저리 단조롭게 움직이는 건가요?"

　"난 여자가 아니다." 작은 선이 대답했어요. "나는 이 나라 군주다. 그대는 무슨 일로 내 라인랜드 왕국에 함부로 들어온 것인가?"

이 느닷없는 대답에 저는, 본의 아니게 폐하를 놀라게 했거나 무례하게 굴었다면 용서해달라고 사과했습니다. 그리고 저를 이방인이라고 소개하고, 전하의 영토에 대해 설명해달라고 간청했어요. 하지만 제가 정말로 흥미를 갖는 부분에 대해서는 정보를 얻기가 무척 힘들 것 같았습니다. 왕은 자신이 아는 내용은 틀림없이 저도 잘알고 있을 터이므로, 제가 장난으로 모르는 척하는 거라고 철석같이 믿었으니까요. 하지만 저는 인내심을 갖고 계속 질문을 던진 끝에 다음과 같은 사실들을 알아냈습니다.

스스로를 왕이라 부르는 이 딱하고 무지한 왕은 자신이 왕국이라고 부르면서 왔다갔다하는 직선이 세계의 전부이며 사실상 우주의 전부라고 믿는 것 같았어요. 직선 외에는 어디에서도 움직일 수 없고 아무것도 볼 수 없는 왕은 다른 것에 대해서는 아무 개념이 없더군요. 제가 처음 왕에게 말을 건넸을 때 왕은 제 목소리를 들었다고해요. 하지만 그 소리가 지금까지 경험했던 방식과 전혀 달라 제 말에 대꾸를 하지 않았던 거예요. 왕은 이렇게 표현하더군요. "사람은 보이지 않고, 마치 창자에서 나는 것 같은 소리가 들렸다"고 말이에요. 제가 그의 세계에 입을 대기 전까지 왕은 저를 보지 못했고, 무언가 부딪치는 듯한 알 수 없는 소리 외에는 아무런 소리도 듣지 못했어요. 그 소리는 직선의 변, 즉 왕이 내부 혹은 뱃속이라고 한 부분에 무언가가 부딪치는 소리였죠. 왕은 제가 떠나 온 지역에 대해서는 개념조차 없었답니다. 그에게 자신의 세계, 즉 직선 밖은 온통 빈 공간인 거지요. 아니, 빈 공간도 어쨌든 공간을 의미하니 빈 공간이라고도 할 수 없겠어요. 그냥 아무것도 존재하지 않는다고 하는 것이 정확할 겁니다.

남자인 작은 선과 여자인 점으로 이루어진 백성들 역시, 모든 움직임과 시각이 그들의 세계인 하나의 직선에서만 이루어졌어요. 말할 것도 없이 그들의 시야는 한 점으로 제한되고, 모두들 점 외에는 아무것도 볼 수 없었지요. 라인랜드 백성의 눈에는 남자든 여자든 아이든 사물이든 모든 것이 하나의 점으로 보여, 오로지 목소리를 통해서만 성별이나 연령을 구분할 수 있었어요. 그뿐 아니라 각자가 이를테면 자신의 우주라고 여기는 좁은 길을 전부 차지하고 있어, 지나가는 사람에게 길을 비키기 위해 오른쪽이나 왼쪽으로 몸을 움직이는 것이 전혀 불가능했죠. 결과적으로 라인랜드 사람들은 어느 누구도 다른 사람을 지나갈 수 없었어요. 그래서 결국 한번 이웃은 영원한 이웃이 되는 거지요. 이렇게 그들에게 이웃은 우리에게 결혼과 같았답니다. 이웃은 죽음이 그들을 갈라놓을 때까지 이웃으로 남았으니까요.

모든 시야가 한 점으로 제한되고 모든 움직임이 직선에만 국한되는 이런 삶은 저에게 이루 말할 수 없이 따분해 보였어요. 그래서 쾌활하고 생기 있는 왕의 모습에 몹시 놀랐습니다. 집안에서 육체관계를 맺기에 몹시 불리한 이런 환경에서 혼인의 즐거움을 누리는 것이 가능한지 궁금했지만, 왕에게 그처럼 민감한 사안을 묻기가 잠시 망설여지더군요. 그래서 뜬금없이 가족들 건강을 묻는 것으로 일단 질문을 던져봤어요. 그랬더니 왕이 이렇게 대답하는 겁니다. "아내들과 아이들은 모두 건강하게 잘 지내네."

이 대답에 깜짝 놀라서 저는 용기를 내어 되물었어요. 제가 라인랜드에 들어오기 전에 꿈에서 본 것처럼 왕의 바로 옆에는 남자들뿐이었으니까요. "외람되지만 도저히 상상이 되지 않습니다. 중간에 사람만 적어도 여섯 명인데다, 폐하께서는 그들을 꿰뚫어 볼 수도 없고 지나가게 할 수도 없는데, 어떻게 아무 때나 왕비마마들을 만나거나 가까이 할 수 있단 말씀입니까? 라인랜드에서는 가까이 다가가지 않아도 결혼생활과 자녀의 생산이 가능하다는 말씀입니까?"

"어찌 그런 말도 안 되는 질문을 할 수 있느냐?" 왕이 대꾸했어요. "그대의 말대로라면 이 우주는 순식간에 인구가 감소할 것 아닌가. 하지만 전혀 그렇지 않다. 마음을 결합하기 위해 굳이 가까이 다가갈 필요는 없으니까. 그리고 자녀의 생산은 매우 중요한 문제이기에 접근 같은 우연에 의지하도록 두어서는 안 된다. 이런 일에 이토록 무지할 수가 있나. 하지만 그대가 정 무지한 척 하겠다면, 그대를 라인랜드의 가장 어린 아기라고 여기고 알려주겠다. 잘 알아두거라. 결혼은 소리를 내는 기능과 청각 기능에 의해 완성된다.

모든 남자는 몸의 양쪽 끝에 각각 하나의 입, 즉 목소리를 가지고 있다. 하나는 베이스, 다른 하나는 테너의 소리를 낸다는 것쯤은 당연히 알고 있겠지. 물론 두 개의 눈을 가지고 있다는 것도. 이런 말하긴 그렇지만, 우리가 대화를 나누는 동안 자네의 테너 소리를 듣지 못한 것 같군." 저는 목소리가 하나뿐이고, 왕이 두 개의 목소리를 지니고 있는 줄은 미처 몰랐다고 대답했어요. "내 그럴 줄 알았지." 왕이 말했어요. "그대는 남자가 아니라, 베이스 목소리와 아주 무지한 귀를 가진 여자 괴물일세. 하지만 그대와 대화를 계속하도록 하지.

자연이 정한 바에 따르면 모든 남자는 두 명의 아내를 두어야 하고 ……." 제가 물었어요. "왜 두 명이죠?" 그러자 왕이 소리쳤어요. "자네 무식한 척이 도를 지나치는군. 한 가정에 네 개의 목소리, 즉 남자의 베이스와 테너, 여자의 소프라노와 알토가 결합되지 않는다면 어찌 완벽한 결혼이라고 할 수 있겠나?" 저는 다시 물었죠. "그렇지만 한 명이나 세 명의 아내를 두는 것이 더 좋을 수도 있잖아요?" 왕이 말하더군요. "말도 안 되는 소리. 그건 2 더하기 1이 5가 된다거나 인간의 눈이 직선을 보는 것만큼이나 상상할 수 없는 일이라네." 저는 왕의 말을 가로막았지만 왕은 계속해서 말을 이었어요.

"자연법칙에 따라 우리는 매주 한 번씩 평소보다 격렬하게 리듬을 타면서 앞뒤로 몸을 움직이지. 백 하나를 셀 때까지 한참 동안 계속해서 몸을 움직인다네. 그렇게 합창의 춤을 추다가 한창 절정에 이르는 51번째 진동에서, 이 우주의 모든 거주자들은 잠시 멈추어 각자 가장 풍요롭고 완전하며 달콤한 선율을 보내지. 우리의 모든 결혼은 바로 이런 절정의 순간에 이루어진다네. 베이스와 소프라노의 조화, 테너와 알토의 조화가 몹시도 아름다워 연인들은 2만 리 밖에서도 운명의 상대가 화답하는 음을 단박에 알아들을 수 있지. 이렇게 사랑은 거리 같은 하찮은 장애를 뚫고 세 사람을 하나로 결속시킨다네. 그리고 첫날밤을 치르는 순간, 라인랜드의 백성이 될 남자아이와 여자아이 셋이 만들어진다네."

"뭐라고요! 언제나 세 아이가 만들어진다고요?" 제가 말했어요. "그렇다면 한 명의 아내가 늘 세 쌍둥이를 낳는단 말씀입니까?"

"베이스 목소리의 괴물이여! 바로 그렇다." 왕이 대답했어요. "사내아이 한 명당 두 명의 여자아이가 태어나지 않는다면 무슨 수로 성별의 균형이 유지될 수 있겠는가? 그대는 자연법칙의 기본을 무시하려는 건가?" 왕은 말을 멈추었고, 너무나 화가 난 나머지 더 이상 말을 잇지 못했어요. 한참 시간이 흐른 뒤에야 저는 왕에게 설명을 계속해달라고 설득할 수 있었습니다.

"물론 그대는 우리 나라의 모든 미혼 남자들이 이 우주적인 결혼 합창곡에서 구애의 첫 소절을 부르는 즉시 곧바로 짝을 찾을 거라고 생각하지는 않을 테지. 오히려 대부분의 사람들은 이 과정을 여러 차례 되풀이해야 하네. 서로의 목소리로 하늘이 정해준 짝을 바로 알아보고, 서로를 더할 나위 없이 정답게 선뜻 받아들이는 행운을 누리는 사람은 거의 없으니까. 우리들 대부분은 오랜 구애의 과정을 거쳐야 한다네. 구애자의 목소리는 미래의 부인들 가운데 한 사람과는 조화를 이룰 수 있지만 두 사람 모두와 조화를 이루기는 어렵지. 혹은 처음엔 어느 쪽과도 조화를 이루지 못할 수도 있고, 소프라노와 알토가 썩 어울리지 않을 수도 있네. 그런 경우 자연은 매주 합창을 할 때마다 이 세 연인들을 점점 가까운 화음으로 이동시킨다네. 목소리를 낼 때마다, 그래서 새로운 불협화음이 발견될 때마다, 그들이 알아차리지 못하는 사이에 서로의 불완전한 발성은 보다 완벽에 가까워지지. 그렇게 여러 차례 시도를 거듭해서 상당히 가까워지면 마침내 성과를 거두게 된다네. 전 우주의 라인랜드에서 어느 때와 다름없이 결혼합창곡이 울려 퍼지는 동안, 멀리 떨어져 있는 세 연인은 마침내 문득 정확한 화음을 발견하는 날이 찾아오는 거지. 그러면 부부의 연으로 맺어진 세 사람은 그들이 미처 깨닫기도 전에 동시에 목소리로 기쁨의 포옹을 하고, 자연은 또 하나의 결혼과 세 아이의 탄생을 기뻐한다네.”

14
플랫랜드의 본질에 대해 설명하려 했지만 실패하다

◇

저는 이제 왕을 황홀경에서 끌어내려 상식에 눈을 뜨게 할 때가 되었다고 생각하고, 왕에게 어렴풋이나마 진실을, 다시 말해 플랫랜드의 세상을 알려야겠다고 결심했습니다. 그래서 이렇게 이야기를 시작했어요. "폐하께서는 백성들의 모양과 위치를 어떻게 구별하십니까? 제 경우, 폐하의 왕국에 들어서기 전에 시각을 통해 폐하의 백성들 가운데 어떤 사람은 직선이고 어떤 사람은 점이며, 직선 가운데 어떤 사람은 더 길고 …… 하는 차이를 알아보았습니다." 그러자 왕이 말을 가로막았어요. "말도 안 되는 소리. 그대는 틀림없이 환영을 보았을 거야. 시각으로 점과 선의 차이를 알아낸다는 건 모두가 알다시피 세상 이치상 불가능한 일이라네. 하지만 청각에 의해서는 감지할 수 있고, 역시나 청각에 의해 내 모양을 정확하게 인식할 수 있지. 나를 잘 보게. 나는 하나의 선이고, 6인치가 넘는 공간을 차지해 라인랜드에서 가장 길이네." "6인치의 길이겠지요." 제가 조심스럽게 말했어요. "참으로 무지하구나." 왕이 말했어요. "공간이 곧 길이 아닌가. 다시 한 번 내 말을 가로막으면 더 이상 그대와 이야기하지 않겠네."

저는 왕에게 사과했지만 왕은 여전히 경멸하는 투로 계속해서 말을 이었어요. "내 아무리 주장을 해도 못 알아들으니, 지금 당장 각각 북쪽과 남쪽에 6천 마일 70야드 2피트 8인치 떨어져 있는 내 아내들에게 나의 두 목소리로 내가 어떻게 모습을 드러내는지 자네 귀에 똑똑히 들려주겠네. 그럼 이제 아내들을 부르겠네."

왕은 새소리처럼 짹짹 소리를 내기 시작하더니 만족스러운 듯 계속해서 소리를 내더군요. "내 아내들은 지금 내 목소리 가운데 하나를 수신하고 있고, 곧이어 다른 목소리를 수신하게 될 걸세. 그리고 6.457인치를 가로지르는 시간이 지난 후에 나중 목소리를 수신할 수 있다는 걸 감지하고, 내 두 개의 입 가운데 하나가 다른 입보다 6.457인치 더 멀리 떨어져 있다고 추측하겠지. 그에 따라 내 형태가 6.457인치라는 걸 알게 될 걸세. 하지만 아내들이 내 두 목소리를 들을 때마다 매번 이런 계산을 하는 건 아니라는 것쯤은 자네도 당연히 알고 있겠지. 그녀들은 결혼 전에 딱 한 차례 계산을 했다네. 물론 원하면 언제든지 계산을 할 수 있었을 테지. 한편 나는 마찬가지 방식으로 청각을 통해 남자 백성들의 형태를 측정할 수 있네."

"그렇지만 만약에 남자가 두 목소리 가운데 하나로 여자 목소리인 척하면 어떻게 되는 거죠? 또는 남쪽 목소리를 북쪽 목소리의 메아리처럼 위장해서 두 소리를 구별할 수 없게 만들 수도 있잖아요?" 제가 물었어요. "그런 속임수가 큰 불편을 초래하지는 않을까요? 폐하와 가까운 곳에 있는 백성들에게 서로를 느끼도록 지시해서 이런 식의 속임수를 제재할 방법은 없나요?" 당연히 이건 매우 어리석은 질문이었어요. 이 질문의 목적에 부합하는 답이 느낌이 될 수는 없었으니까요. 하지만 저는 군주를 짜증나게 할 속셈으로 이렇게 물었고 완벽하게 성공했습니다.

"뭐라고!" 왕은 두려움에 떨며 소리쳤어요. "자세히 설명해보거라." 제가 대답했어요. "느낌이요. 만지고 접촉하는 것 말입니다." "그대가 말하는 느낌이라는 것이 두 개인 사이에 빈 공간이 없을 만큼 가까이 다가가는 것을 말한다면, 이방인이여, 내 나라에서 이것은 사형에 처해질 수 있는 범죄 행위임을 알아야 하네. 이유는 분명하지. 여자의 형체는 몹시 연약해서 그렇게 접촉하다간 쉽게 부서지기 때문에 반드시 국가의 보호를 받아야 하네. 그러나 시각으로는 여자와 남자를 구분할 수 없기 때문에, 여자든 남자든 접근하는 자와 접근당하는 자 사이의 간격이 무너질 만큼 가까이 다가가지 못하도록 보편적인 법으로 정해놓았지.

　그리고 대체 무엇 때문에 그대가 접촉이라고 부르는 그처럼 불법적이고 부자연스럽고 과도한 접근을 하려는지 모르겠군. 그런 거칠고 상스러운 과정이 아니더라도 청각을 통해 원하는 모든 목적을 얼마든지 더 쉽고 더 정확하게 이룰 수 있는데 말일세. 아까 그대가 말한, 목소리를 속일 위험에 대해 말하자면, 그런 건 있을 수 없네. 존재의 본질인 목소리는 그렇게 마음대로 바꿀 수 있는 것이 아니라네. 하지만 만일 나에게 단단한 물질을 관통하는 능력이 있어서 내 백성을 한 사람 한 사람 10억 명까지 관통하여, 느낌이라는 감각으로 개개인의 크기와 거리를 확인할 수 있다 치세. 세상에, 그처럼 어설프고 부정확한 방법으로 얼마나 많은 시간과 에너지가 낭비되겠는가! 반면에 지금은 그저 한 순간 듣는 것만으로 라인랜드의 모든 살아 있는 존재에 대해 이를테면 지역, 물질, 마음, 정신에 관한 조사와 통계를 파악할 수 있네. 그러니 그저 잘 듣기만 하면 된단 말일세!"

　왕은 이렇게 말한 뒤 잠시 멈추어 마치 황홀경에 빠진 듯 어떤 소리에 귀를 기울였는데, 제 귀에는 릴리푸트의 무수히 많은 메뚜기들이 아주 조그맣게 찍찍대는 소리로밖에 들리지 않았습니다.

　제가 말했어요. "과연 폐하의 청각은 폐하에게 큰 도움이 되며 많은 결점을 보충하리라 생각됩니다. 하오나 죄송하지만 라인랜드 사람들의 삶은 비참할 정도로 따분하다는 걸 말씀드려야겠습니다. 점 외에는 아무것도 볼 수 없다니요! 심지어 직선을 응시할 수조차 없다니요! 아니, 직선이 무엇인지조차 알지 못하다니요! 본다는 것이, 플랫랜드에 사는 우리에게 허락된 직선에 대한 관찰이 차단되다니요! 그렇게 보이는 게 없으니 시각이 아예 없는 편이 훨씬 낫겠습니다! 제가 폐하처럼 청각으로 사물을 구분할 능력이 없다는 건 인정합니다. 폐하가 그토록 열정적으로 즐거워하시는 라인랜드의 모든 콘서트가 저에게는 무수한 재잘거림이나 짹짹거림 정도로밖에 들리지 않으니까요. 하지만 적어도 저는 시각에 의해 선과 점을 구분할 수 있어요. 한번 증명해볼까요. 폐하의 왕국에 오기 바로 전에, 저는 폐하께서 왼쪽에서 오른쪽으로 춤을 춘 다음 다시 오른쪽에서 왼쪽으로 춤을 추는 모습을 보았습니다. 바로 왼쪽에 일곱 명의 남자와 한 명의 여자, 오른쪽에 여덟 명의 남자와 두 명의 여자들과 함께 말이죠. 제 말이 맞지 않습니까?"

왕이 말했어요. "그대가 말하는 '왼쪽'과 '오른쪽'이 무슨 뜻인지 모르겠지만, 수와 성별은 정확히 맞군. 하지만 그대가 이런 광경을 보았다는 말은 믿지 못하겠네. 그대가 어떻게 선을, 다시 말해 인간의 내부를 볼 수 있단 말인가? 그대는 이들이 말하는 소리를 듣고는 그것을 보았다고 상상한 게 분명하네. 이제 내가 그대에게 묻겠네. 그대가 아까 말한 '왼쪽'이니 '오른쪽'이니 하는 게 무슨 뜻인가? 내

짐작에 그건 북쪽과 남쪽을 자네 방식으로 말하는 것 같은데."

"그렇지 않습니다." 제가 말했어요. "폐하께서 움직이는 북쪽과 남쪽 외에 오른쪽에서 왼쪽으로 향하는 움직임도 있습니다."

왕. 괜찮다면 왼쪽에서 오른쪽으로 향하는 움직임을 나에게 보여 주게.

나. 그건 안 됩니다. 폐하께서 폐하의 선 밖을 완전히 벗어나지 못 하면 그렇게 할 수 없습니다.

왕. 내 선 밖을 벗어나라고? 그러니까 세계 밖으로 나오라는 말인 가? 공간 밖으로?

나. 음, 그렇습니다. 당신의 세계 밖으로, 당신의 공간 밖으로 나오 셔야 합니다. 폐하의 공간은 진짜 공간이 아닙니다. 진짜 공 간은 평면인데, 폐하의 공간은 직선일 뿐입니다.

왕. 그대가 직접 몸을 움직여 왼쪽에서 오른쪽으로 향하는 이동 을 보여줄 수 없다면, 말로 설명해주길 부탁하네.

나. 폐하께서 오른쪽과 왼쪽을 구분할 수 없으시면, 죄송하지만

말로 설명을 드려도 제 말을 이해하지 못하실 겁니다. 하지만 그렇게 단순한 차이를 폐하께서 모르실 리가 없습니다.

왕. 나는 그대의 말을 조금도 이해할 수가 없네.

나. 아! 어떻게 하면 이해시켜 드릴 수 있을까요? 폐하께서는 직선 위를 움직일 때 간혹 폐하의 측면이 향하는 쪽을 보기 위해 눈을 돌리면서, 혹시 다른 방향으로 움직일 수도 있지 않을까 하는 생각을 해보신 적이 없습니까? 다시 말해, 폐하의 양끝 가운데 한쪽으로만 움직이는 대신 이를테면 옆으로 움직여보고 싶다고 생각한 적이 한 번도 없으십니까?

왕. 없네. 그리고 그대가 하는 말이 대체 무슨 뜻인가? 인간의 내부가 어떻게 아무 방향으로나 "향"할 수 있지? 어떻게 인간이 자신의 내부 방향으로 움직일 수 있다는 것이냐?

나. 흐음, 말로는 설명하기 어려우니 직접 행동으로 보여드리겠습니다. 제가 폐하께 보여드리고자 하는 방향으로 라인랜드 밖으로 서서히 이동해보겠습니다.

저는 말한 대로 제 몸을 라인랜드 밖으로 이동하기 시작했어요. 제 몸의 일부가 아직 왕의 영토에 남아 있어 왕의 눈에 그 모습이 보이는 동안, 왕은 계속해서 외쳤어요. "보인다, 여전히 그대가 보여. 그대는 어디에도 이동하지 않고 있군." 하지만 마침내 제가 왕의 선 밖으로 이동하자 왕은 아주 크고 날카로운 목소리로 소리를 질렀어요. "여자가 사라졌다. 여자가 죽었다." "저는 죽지 않았습니다." 제가 대답했어요. "단지 라인랜드 밖으로 나왔을 뿐이에요. 다시 말해, 폐하께서 공간이라고 부르시는 직선 밖으로, 진짜 공간 속으로, 모든 사물이 있는 그대로 보이는 곳에 있을 뿐입니다. 그리고 지금 이 순간에도 폐하의 선, 그러니까 폐하께서 내부라고 칭하시는 폐하의 옆모습을 볼 수 있습니다. 그뿐 아닙니다. 폐하의 북쪽과 남쪽 방향에 있는 남자와 여자들도 볼 수 있고, 그들이 어떤 순서로 서 있는지, 크기는 어떤지, 서로의 간격은 얼마나 되는지도 자세하게 열거할 수 있습니다.

저는 장황하게 설명을 마치고 의기양양하게 외쳤어요. "이제 제 말이 납득이 되시겠지요?" 그런 다음 다시 라인랜드로 돌아와 아까와 같은 위치에 섰어요.

하지만 왕은 이렇게 대꾸하는 게 아니겠어요. "그대가 지각 있는 남자라면, 그대의 목소리가 하나뿐인 것으로 보아 나는 그대가 여자임을 거의 의심하지 않네만, 아무튼 그대가 조금이라도 지각 있는 사람이라면 이성적으로 행동하리라 믿네. 그대는 내 감각이 가리키는 것 외에 다른 선이 있고, 내가 매일 인식하는 것 외에 다른 움직임이 있다는 걸 믿어달라고 했지. 이번엔 그대가 말하는 그 다른 선을 말로 설명하거나 행동으로 보여주길 바라네. 그대는 몸을 움직이는 것이 아니라 눈에서 사라졌다 다시 보이게 하는 일종의 마술을 부릴 뿐이네. 또한 그대의 신세계에 대해 분명하게 설명하는 대신, 40명 정도 되는 내 수행원의 수와 크기에 대해, 우리 나라 수도에 살고 있는 어린아이도 다 아는 사실에 대해 말할 뿐이지. 세상에 어찌 그리 비이성적이고 뻔뻔할 수 있는가? 그대의 어리석음을 인정하든지 그렇지 않으면 이제 그만 내 나라에서 떠나게."

저는 왕의 완고함에 잔뜩 화가 난 데다, 무엇보다 제 성별을 모르면서 아는 척하는 태도에 분개해 입에서 나오는 대로 마구 쏘아붙였어요. "이 답답한 인간아! 당신은 자신이 완벽한 존재라고 생각하겠지만 천만에 말씀. 당신은 세상에서 제일 불완전한 바보 천치야. 당신은 나를 볼 수 있다고 생각하지만, 당신 눈에 보이는 건 점 하나뿐이지! 당신은 직선의 존재를 짐작할 수 있다고 우쭐대지만, 나는 직선을 볼 수 있고, 각, 삼각형, 사각형, 오각형, 육각형, 심지어 동그라미의 존재도 추론할 수 있어. 더 이상 말해봐야 내 입만 아프지. 불완전한 당신의 완성된 모습이 바로 나라고 말하면 알아들으려나.

당신은 하나의 선에 불과하지만 나는 우리 나라에서 선들의 선, 사각형이야. 당신에 비하면 높고 높은 나도 플랫랜드의 훌륭한 귀족들 사이에서는 보잘 것 없는 존재지. 나는 당신의 무지를 깨우치고 싶어 바로 이곳으로 당신을 찾아온 거야."

제 말을 들은 왕은 험악하게 소리를 지르면서 마치 대각선으로 가를 기세로 저에게 달려들었어요. 바로 그 순간 수많은 왕의 백성들의 우레 같은 고함소리가 들려왔어요. 그 소리가 어찌나 격렬하던지 십만 명의 이등변삼각형 군대, 천 명의 오각형 포병대의 고함소리와 맞먹겠다는 생각이 들 정도였답니다. 코앞에 닥친 죽음을 피해야 했지만, 저는 마법에 걸린 듯 꼼짝 않고 서서 몸을 움직일 수도 말을 할 수도 없었어요. 소리는 점점 커지고 왕은 더욱 바싹 다가오는데, 바로 그 순간 번쩍 잠에서 깨어났답니다. 아침식사 종소리가 이곳이 플랫랜드의 현실임을 상기시켜주었죠.

15
스페이스랜드에서 온 이방인

◇

꿈 이야기는 이쯤에서 마치고 다시 현실로 돌아오겠습니다.

우리 시대의 1999년 마지막 날이었어요. 후드득 떨어지는 빗소리로 벌써 해질녘이 되었다는 걸 알았어요. 저는 아내 곁에 앉아[3] 지

---

[3] 물론 제가 "앉아 있다"라고 말할 때 스페이스랜드에 사는 여러분과 같은 의미로 이 단어를 사용하는 것은 아니에요. 우리에게는 발이 없기 때문에 넙치나 가자미가 그렇듯 우리도 "앉"거나 "설" 수 없으니까요(여러분이 사용하는 단어의 의미대로 말이죠). 그럼에도 불구하고 우리는 "눕다" "앉다" "서다"라는 단어에 내포된 의지작용의 다양한 정신 상태를 완벽하게 인식할 수 있습니다. 그리고 이 의지작용이 커짐에 따라 빛이 약간 더 환해지기 때문에 보는 사람에게 제법 의지를 드러낼 수도 있어요.

　하지만 제가 이 주제와, 이와 관련된 무수한 주제들에 대해 숙고하기엔 시간이 너무 부족하네요.

난 한 해 일어난 일들과 다가올 새 해, 다가올 세기, 다가올 새 천 년에 일어날 일들을 곰곰 생각하고 있었습니다.

네 명의 아들들과 고아가 된 두 손자는 각자 방으로 물러갔고, 저는 아내와 단둘이 지난 천 년이 가고 새로운 천 년이 다가오는 걸 지켜보고 있었어요.

그리고 가장 어린 손자의 입에서 무심코 흘러나온 몇 마디 말을 숙고하며 깊이 생각에 잠겼습니다. 어린 제 손자는 매우 유망한 육각형으로, 비범한 총명함과 완벽하게 날카로운 모서리를 갖추었지요. 저와 제 아들들은 손자에게 평소처럼 실습을 통해 시각 인식을 가르치고 있었습니다. 우리는 우리 몸의 중심을 기준으로 어느 땐 빨리 어느 땐 좀 더 천천히 회전하면서 그 녀석에게 우리의 위치에 대해 질문했어요. 그리고 저는 손자의 대답이 무척 흡족해, 녀석에게 상으로 기하학에 적용되는 산수에 관해 몇 가지 귀띔을 해주었답니다.

먼저 네 변이 각각 1인치인 사각형 9개를 준비한 다음, 그것을 모두 합해 한 변의 길이가 3인치인 커다란 정사각형 하나를 만들었습니다. 그렇게 해서 단순히 큰 정사각형 한 변의 길이를 제곱함으로써 그 안에 몇 개의 작은 정사각형들이 있는지 알 수 있다는 걸 내 어린 손자에게 증명해 보였어요. 우리가 큰 정사각형의 내부를 볼 수는 없어도 이런 식으로 그 너비를 구할 수 있다는 사실을 알려준 거죠. 그리고 이렇게 덧붙였습니다. "그러므로 우리는 한 변의 길이가 3인치인 정사각형의 너비는 3^2, 즉 9제곱인치라는 걸 알 수 있단다."

어린 육각형 손자는 이 내용을 한참 동안 곰곰이 생각하더니 저에게 이렇게 말했어요. "그런데 할아버지는 숫자를 세제곱까지 계산하는 법을 가르쳐 주셨잖아요. 제 생각에 3^3은 틀림없이 기하학에서 어떤 의미가 있을 것 같아요. 어떤 의미가 있을까요?" "아무 의미도 없다." 제가 대답했어요. "적어도 기하학에서는 아무 의미도 없단다. 기하학에는 2차원만 존재하니 말이다." 그런 다음 한 점이 3인치의 길이를 지나면 3인치 길이의 선이 만들어지고, 이것을 3이라고 표시한다고 알려주었어요. 그리고 3인치의 선 하나가 3인치의 길이만큼 평행이 되게 움직이면 모든 변이 3인치인 사각형 하나가 만들어지고, 이것을 3^2으로 표시한다는 것도 알려주었죠.

그러자 손자가 갑자기 제 말을 가로막더니, 처음의 문제로 돌아와 이렇게 소리치는 것이었어요. "한 점이 3인치의 길이를 지나 3인치 길이의 선을 만들어 그것을 3으로 표시하고, 3인치 길이의 직선이 평행하게 움직여 모든 변이 3인치인 정사각형 하나를 만들어 그것을 3^2으로 표시할 수 있겠죠. 그렇다면 네 변이 3인치인 정사각형을 어떻게든 평행하게 움직이면(어떻게 움직일지는 저도 모르지만요) 틀림없이 모든 변이 3인치인 뭔가 다른 것이 만들어질 거예요(물론 그게 뭔지는 저도 몰라요). 그렇다면 그것은 틀림없이 3^a으로 표시될 거라고요."

"그만 가서 자거라." 저는 손자가 제 말을 가로막은 것에 조금 심기가 불편해져서 이렇게 말해버렸어요. "엉뚱한 소리를 줄이면 분별력을 더 키울 수 있을 게다."

손자는 자존심이 상해서 자기 방으로 갔어요. 저는 아내 옆에 앉아 지난 1999년을 돌아보고 다가올 2000년엔 어떤 일이 일어날지 예상해보려 했지만, 총명하고 어린 육각형 손자 녀석이 생각 없이 지껄인 말이 도무지 뇌리에서 떠나질 않는 겁니다. 30분짜리 모래시계 안에는 이제 모래알이 얼마 남지 않았습니다. 저는 상념에서 깨어나, 남은 천 년의 마지막 시간 동안 모래시계를 북쪽으로 돌려놓았죠. 그러면서 크게 소리쳤어요. "그 녀석은 바보야."

그때 누군가 방 안에 있는 것 같은 느낌이 들었고, 그 즉시 차가운 숨결에 온몸이 오싹해졌어요. "그 애는 바보가 아니에요." 아내가 외쳤어요. "그리고 당신은 손자에게 심하게 창피를 주어 계율을 어기고 있어요." 하지만 아내의 말에는 관심이 없었어요. 사방을 둘러보니 아무것도 보이지 않더군요. 하지만 여전히 누군가의 존재가 느껴졌고, 다시금 차가운 숨결이 다가와 저는 온몸을 덜덜 떨었어요. 그리고 다음 순간 자리에서 벌떡 일어났습니다. "왜 그래요?" 아내가 말했어요. "환풍구도 없는데. 뭐 찾아요? 여긴 아무것도 없어요." 맞아요, 아무것도 없었어요. 저는 자리에 앉았고 다시 소리쳤어요. "그 녀석은 바보라니까. 3^a은 기하학에서 아무 의미도 가질 수가 없어." 그 순간 어떤 대답이 똑똑히 들렸습니다. "그 아이는 바보가 아니에요. 3^a은 틀림없이 기하학적으로 의미가 있습니다."

저뿐 아니라 아내도 그 소리를 똑똑히 들었어요. 아내는 그 말의 의미를 이해하지 못했지만 말이에요. 우리는 둘 다 소리가 나는 방향으로 향했습니다. 그리고 눈앞에 서 있는 형체를 발견하고는 둘 다 어쩌나 무섭던지! 옆에서 보면 언뜻 여자 같았지만, 잠시 찬찬히 살펴보니 여자라고 하기엔 양끝이 굉장히 빠른 속도로 희미해졌어요. 그래서 저는 그 형체가 동그라미라고밖에 생각할 수가 없었습니다. 다만, 동그라미나 지금까지 제가 경험한 다른 규칙 도형들로서는 불가능한 방식으로 크기가 변하는 것 같았어요.

하지만 제 아내는 저처럼 경험이 있는 것도 아니었고, 이런 특징들에 주목하기 위해 필요한 침착함도 없었죠. 평소 성급한 성격과 여자들 특유의 터무니없는 질투심으로 아내는 어떤 여자가 작은 구멍을 통해 집안으로 들어왔다고 대뜸 결론을 내려버리더군요. "이 여자가 어떻게 여기에 온 거지?" 아내가 소리쳤어요. "여보, 당신 분명히 말했잖아요. 새 집에 환풍구 만들지 않겠다고." "환풍구 안 만들었소." 제가 말했어요. "그런데 당신은 무슨 근거로 저 사람을 여자라고 생각하는 거요? 나야 시각 인식 능력으로 그렇게 본다지만 ……." "당신 시각 인식인지 뭔지, 도저히 못 참겠어요." 아내가 말했어요. "'느껴야 믿을 수 있'고, '직선에게 촉각은 동그라미에게 시각만큼 가치가 있'다고요." 이 말들은 플랫랜드의 연약한 여자들이 툭 하면 내뱉는 속담이랍니다.

"좋소." 제가 입을 열었어요. 아내가 짜증을 낼까봐 무서웠거든요. "여자가 틀림없다면 자신을 소개해보라고 해봐요." 아내는 꽤나 우아한 태도를 드러내며 낯선 형체를 향해 다가가 말했어요. "저, 부인, 제가 당신을 느끼고 느낌을 받도록 허락해주시면 ……." 그러더니 갑자기 흠칫 놀라는 것이었어요. "에그머니! 여자가 아니에요. 각도 없고 각의 흔적도 없어요. 완벽한 동그라미에게 그처럼 무례하게 굴었다니 어쩌면 좋죠?"

"어떤 면에서는 동그라미가 맞습니다." 목소리가 말했어요. "플랫랜드에 있는 어떤 동그라미보다 완벽한 동그라미지요. 하지만 보다 정확하게 말하면 하나의 동그라미 안에 포함된 여러 개의 동그라미랍니다." 그리고는 더욱 부드러운 말투로 덧붙이더군요. "부인, 저는 남편 분께 전할 말이 있어 왔습니다. 그러나 부인이 계시는 자리에서는 말을 전할 수가 없으니, 죄송하지만 우리가 잠시 자리를 비우도록 허락해주시면 ……." 하지만 아내는 우리의 존엄한 방문객이 몸소 불편을 감수하겠다는 제안을 끝까지 들으려 하지 않았어요. 그렇지 않아도 잠자리에 들 시간이 한참 지났다면서 동그라미를 안심시킨 다음, 조금 전의 무례한 행동을 용서해달라고 거듭거듭 사과한 뒤 자기 방으로 들어갔답니다.

저는 30분짜리 모래시계를 응시했어요. 마침내 마지막 모래알이 떨어지더군요. 그리고 두 번째 천 년이 시작되었습니다.

16
이방인이 스페이스랜드의 미스터리를
설명하려 노력했지만 실패하다

방을 나서는 아내의 평화의 소리가 잦아들자마자, 저는 그를 좀 더 가까이에서 볼 겸 앉으라고 권하기도 할 겸 이방인에게 다가갔어요. 그런데 그의 외모에 너무 놀라 그만 말문이 막혔고 그 자리에서 꼼짝할 수가 없었습니다. 모서리가 있던 흔적은 전혀 보이지 않았지만, 크기와 밝기가 매 순간 단계적으로 바뀌는 것이었어요. 제 경험상 이런 모습은 어떤 도형에게도 거의 불가능했죠. 그때 제 앞에 있는 저 형체가 어쩌면 강도나 살인범 같은 극악무도한 불규칙 이등변삼각형일지 모른다는 생각이 뇌리를 스치더군요. 동그라미처럼 목소리를 위장해 어찌어찌 집안에 들어올 수 있게 되었고, 이제 날카로운 각으로 저를 찌를 준비를 하고 있다고 말입니다.

거실에 안개가 없으니(게다가 하필이면 건조한 계절이었답니다) 시각 인식을 신뢰하기가 어렵더군요. 특히나 그와의 거리가 좁혀진 바람에 더욱 그랬어요. 저는 너무 두려운 나머지 예의고 뭐고 없이 앞으로 성큼 다가가, "제가 선생을 느끼도록 허락하셔야겠소……"라고 말하고는 다짜고짜 그를 느꼈어요. 아내 말이 옳았습니다. 각의 흔적이 없었어요. 울퉁불퉁하거나 불균등한 곳도 전혀 없었고요. 이보다 완벽한 동그라미는 제 평생 만나본 적이 없었습니다. 제가 그의 눈부터 시작해 주위를 빙 돌아 다시 그의 눈으로 돌아오는 동안 그는 꼼짝도 않고 서 있었어요. 그는 완벽한 원형, 완벽하기 이를 데 없는 동그라미였고, 그가 동그라미라는 데 추호의 의심도 있을 수 없었죠. 곧이어 그와의 대화가 이어졌어요. 기억할 수 있는 한 최대한 정확하게 기록하도록 노력하겠지만, 그에게 거듭거듭 사과한 내용은 생략하겠습니다. 사각형인 제가 동그라미를 느끼는 무례를 범했다는 부끄러움과 무안함으로 몸 둘 바를 모르겠으니 말입니다. 장황한 제 소개에 조바심을 느낀 이방인이 먼저 이야기를 시작하더군요.

이방인. 지금쯤이면 나를 충분히 느끼셨습니까? 아직도 날 모르시겠어요?

나. 훌륭하신 선생님, 저의 서툰 태도를 용서하십시오. 제가 상류사회의 관례를 몰라서가 아니라, 이렇게 예기치 않

은 방문에 조금 놀라고 두려워서 그랬습니다. 그리고 제 무례한 행동을 아무에게도, 특히 제 아내에게 절대로 이야기하지 말아주시길 부탁드립니다. 하지만 대화를 진척시키기 전에, 황송하오나 선생님이 어디에서 오셨는지 몹시도 궁금한 제 호기심을 충족시켜 주시지 않겠습니까?

이방인. 공간에서 왔습니다. 공간이요, 선생님. 달리 어디에서 왔겠습니까?

나. 아뢰옵기 황송하오나, 선생님. 선생님은 이미 공간에 계시지 않습니까? 선생님과 미천한 저는 지금 이 순간에도 공간에 있지 않나요?

이방인. 어이쿠! 당신은 공간을 어떻게 알고 계시는 건가요? 당신이 아는 공간에 대해 말씀해주십시오.

나. 공간은 말입니다, 선생님. 무한히 연장되는 높이와 너비입니다.

이방인. 바로 그렇습니다. 하지만 당신은 공간에 대해 전혀 모르는 것 같군요. 당신은 공간을 2차원적으로만 생각하고 있어요. 하지만 저는 높이, 너비, 길이로 이루어진 3차원에 대해 알려드리기 위해 왔습니다.

나. 선생님께서 농담을 다 하시다니요. 우리도 길이와 높이
혹은 너비와 두께에 대해 이야기하고, 그렇게 네 개의 명
칭으로 2차원을 나타냅니다.

이방인. 하지만 내가 말하려는 것은 단순히 세 개의 명칭이 아니
라 3차원입니다.

나. 그렇다면 선생님, 제가 모르는 3차원이 어느 방향에 있
는지 제게 보여주거나 설명해주시겠습니까?

이방인. 내가 바로 그곳에서 왔습니다. 3차원은 저 위와 아래에
있어요.

나. 아마도 북쪽과 남쪽을 말씀하시는 것 같군요.

이방인. 그것과는 전혀 의미가 달라요. 당신은 옆에 눈이 없기 때
문에, 내가 말하는 방향은 당신에게 보이지 않을 거예요.

나. 죄송하지만 선생님, 잠시 저를 잘 관찰해보시면, 제 두 변
의 연결 부위에 완벽한 발광체가 있다는 걸 아실 겁니다.

이방인. 네, 그렇군요. 하지만 공간을 들여다보려면 눈이 있어야 해요. 둘레가 아닌 측면에, 그러니까 아마도 당신이 내부라고 부르는 것에 말이지요. 하지만 우리 스페이스랜드 사람들은 그것을 측면이라고 부릅니다.

나. 내부에 눈이 있다니요! 위장에 눈이 있다는 말씀인가요! 선생님, 농담이 심하십니다.

이방인. 나는 지금 전혀 농담할 기분이 아닙니다. 분명히 말씀드리지만 나는 공간에서 왔습니다. 공간의 의미를 모르시겠다면 3차원 나라에서 왔다고 하면 이해가 되실지 모르겠군요. 최근 저는 이 3차원 나라에서 당신이 사실상 공간이라고 부르는 당신네 평면 나라를 내려다보게 되었습니다. 유리한 위치에서 내려다본 덕분에 당신들이 입체라고 부르는 모든 것들을 알아볼 수 있었어요. 당신들이 "네 개의 변으로 에워싸여 있다"는 의미로 사용하는 입체 말입니다. 당신들의 집과 교회, 당신들의 상자와 금고, 심지어 당신들의 내부와 위장까지 제 눈에는 모두 훤히 들여다보였습니다.

나. 선생님, 그런 주장이야 얼마든지 쉽게 할 수 있지 않겠습니까.

이방인. 하지만 증명하기는 쉽지 않을 거라는 말씀이시죠. 그러
　　　나 저는 증명해 보이겠습니다.

　　　이곳에 내려올 때 당신의 오각형 아들 네 명이 각자 자기
　　　방으로 들어가는 모습과 육각형 손자 두 명을 보았습니
　　　다. 가장 어린 육각형 손자가 잠시 당신과 함께 남아 있다
　　　가 곧이어 자기 방으로 들어가, 당신과 아내와 단둘이 남
　　　게 되었지요. 이등변삼각형 하인 세 명은 부엌에서 저녁
　　　식사를 하고, 어린 시동은 부엌방에 있더군요. 제가 이곳
　　　에 도착한 시간이 바로 그 무렵입니다. 그런데 어떻게 들
　　　어올 수 있었을까요?

　　나. 지붕으로 내려오셨겠지요.

이방인. 그렇지 않습니다. 아주 잘 아시겠지만, 당신 집 지붕은
　　　최근에 수리를 해서 여자 한 사람조차 뚫고 들어올 구멍
　　　이 없어요. 다시 말하지만 나는 공간에서 왔습니다. 내가
　　　당신 자녀들과 가정에 대해 한 말을 듣고도 믿지 못하시
　　　겠습니까?

　　나. 선생님, 소인의 소유물에 관한 그 같은 사실들은 선생님
　　　처럼 정보를 얻을 수단이 풍부한 사람이라면 제 주변 사

람 누구나 쉽게 알아낼 수 있다는 걸 잘 아실 겁니다.

이방인. (혼잣말로) 이것 참, 어떻게 설명해야 좋을까? 잠깐만요. 한 가지 논증이 떠올랐습니다. 당신이 아내와 같은 하나의 직선을 볼 때, 아내에게 얼마나 많은 차원을 부여하십니까?

나. 선생님은 마치 제가 수학도 몰라서 여자는 과연 하나의 직선이니 1차원으로만 이루어졌다고 생각하는 천박한 인간인 것처럼 대하시는군요. 아니요, 그렇지 않습니다, 선생님. 우리 사각형들은 여자에 대해 선생님보다 정통하고 선생님만큼 잘 알고 있습니다. 일반적으로 여자는 하나의 직선으로 불리지만, 실제로 그리고 과학적으로 우리와 같은 2차원, 즉 길이와 너비(두께)를 지닌 아주 가느다란 평행사변형이라는 걸 말입니다.

이방인. 그렇지만 선을 볼 수 있다는 사실은 또 하나의 차원을 지닌다는 걸 의미하지요.

나. 선생님, 저는 여자가 길이뿐 아니라 너비도 지니고 있다는 걸 잘 알고 있습니다. 우리는 여자의 길이를 보고 너비를 짐작하지요. 상당히 가늘지만 측정은 가능합니다.

이방인. 내 말을 이해 못하시는군요. 내 말은, 당신이 여자를 볼 때 여자의 길이를 보고 너비를 짐작할 뿐 아니라, 우리가 말하는 여자의 높이라는 걸 보게 된다는 겁니다. 비록 당신네 나라에서는 높이, 즉 세 번째 차원을 측정해봤자 치수가 극히 미미하겠지만 말입니다. 만일 하나의 선이 "높이"는 없고 길이만 있다면, 그 선은 더 이상 공간을 차지하지 않게 되고 따라서 눈에 보이지도 않을 겁니다. 이제 분명히 이해되셨나요?

나. 솔직히 고백하면, 선생님이 무슨 말씀을 하시는지 전혀 이해가 되지 않습니다. 플랫랜드에서는 선을 볼 때 길이와 밝기를 봅니다. 밝기가 사라지면 선이 사라지고, 선생님이 말씀하신 것처럼 더 이상 공간을 차지하지 않게 되지요. 그렇다면 이 밝기에 선생님이 말씀하시는 차원이라는 명칭을 부여하고, 우리가 "밝기"라고 부르는 것을 선생님은 "높이"라고 부른다고 생각하면 되겠습니까?

이방인. 아니, 그게 아니지요. 내가 말하는 "높이"는 당신이 말하는 길이와 마찬가지로 하나의 차원입니다. 다만 이 "높이"의 치수가 지극히 미미하기 때문에 당신들 눈에는 잘 보이지 않아요.

나. 선생님 주장은 쉽게 실험해볼 수 있을 것 같습니다. 선생님은 제가 3차원, 그러니까 "높이"라는 걸 지니고 있다고 하셨어요. 그런데 차원은 방향과 치수가 있다는 걸 의미합니다. 저의 "높이"만 측정해보십시오. 아니면 제 "높이"가 늘어나는 방향만 알려주셔도 좋습니다. 그렇다면 선생님 주장을 전폭적으로 받아들이겠어요. 그렇지 않으면 선생님의 해석은 못 들은 걸로 해야겠습니다.

이방인. (혼잣말로) 둘 다 불가능해. 이것 참, 어떻게 하면 저 사람을 납득시킬 수 있을까? 그래, 사실을 분명하게 설명한 다음 눈으로 직접 목격하게 하면 충분히 이해시킬 수 있을 거야. 저, 선생님. 내 말을 잘 들어보십시오.

당신은 평면 위에 살고 있습니다. 당신이 플랫랜드라고 부르는 이곳은 내가 유동체라고 부를 수 있는 드넓고 평평한 표면이며, 당신과 당신 나라 사람들은 이 표면 너머를 훌쩍 뛰어 넘거나 아래로 쑥 떨어지는 일 없이, 표면의 상단이나 안쪽 주변을 이동합니다.

나는 평면 도형이 아닌 입체입니다. 당신은 나를 동그라미라고 부르더군요. 하지만 실제로 나는 동그라미가 아니라, 한 점부터 지름 13인치의 동그라미에 이르기까지 매우 다양한 크기의 무수히 많은 동그라미들이 층층이 쌓여 이루어진 입체입니다. 지금처럼 내가 당신의 평면 나라를 가르고 지나갈 땐, 평면 위에 당신이 바로 동그라미라고 부르는 하나의 단면을 만들지요. 아무리 구球 ── 우리 나라에서 나를 부르는 정식 이름이랍니다 ── 라도, 플랫랜드 거주자에게 모습을 보이려면 동그라미로 드러낼 수밖에 없으니까요.

기억하십니까? 모든 것을 볼 수 있는 나는 지난 밤 당신의 뇌에 라인랜드에 대한 환영이 펼쳐지는 걸 보았습니다. 당신이 라인랜드 왕국에 들어갈 때, 왕에게 당신의 모습을 사각형이 아닌 선의 형태로 드러내야 했던 것을 기억하십니까? 직선의 왕국에는 당신의 전체 모습을 드러내기에 충분한 차원이 없기 때문에 당신의 일부 모습만 드러낼 수 있었죠. 이와 마찬가지 방식으로 2차원인 당신 나라는 3차원 존재인 나를 드러낼 만큼 차원이 크지 않기 때문에, 당신이 동그라미라고 부르는 나의 일부 즉 단면만 드러낼 수 있습니다.

당신 눈의 밝기가 희미해지는 걸 보니 내 말을 믿지 못하는군요. 하지만 이제 내 주장이 사실이라는 확실한 증거를 보게 될 거예요. 사실상 당신은 내 여러 부분들, 즉 동그라미들을 한 번에 하나씩밖에 볼 수 없습니다. 당신의 시각은 플랫랜드의 평면을 벗어날 능력이 없기 때문이지요. 하지만 적어도 내가 공간 안으로 올라갈 때 내 단면들이 점점 작아지는 건 볼 수 있을 겁니다. 이제 내가 서서히 올라갈 테니 내 모습을 잘 보십시오. 당신의 시각에는 내 동그라미가 점점 작아져 마침내 한 점으로 줄어들다가 결국 사라지는 모습이 보일 거예요.

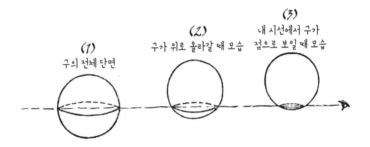

(1)
구의 전체 단면

(2)
구가 위로 올라갈 때 모습

(3)
내 시선에서 구가
점으로 보일 때 모습

제 눈에는 구가 "올라가는" 모습이 보이지 않았지만, 구는 점점 줄어들다가 마침내 사라졌습니다. 저는 꿈이 아니라는 걸 확인하기 위해 한두 번 눈을 껌벅거려 보았어요. 꿈이 아니었습니다. 그때 어디선가 깊은 곳에서 희미한 소리가 들렸어요. 그 소리는 제 심장 가까이에서 들리는 것 같았어요. "내 모습이 완전히 사라졌지요? 이제 내 말을 믿으시겠습니까? 그럼 이제 서서히 플랫랜드로 돌아가겠습니다. 내 단면이 점점 커지는 걸 보게 될 거예요."

스페이스랜드의 모든 독자들은 이 수수께끼 같은 이방인이 정확하고도 쉬운 말로 표현하고 있다는 걸 쉽게 이해하실 겁니다. 하지만 플랫랜드 수학에 정통한 저조차도 그가 하는 말이 도무지 이해되지 않았어요. 위에 그린 대략적인 도해는 스페이스랜드의 어린이라면 누구나 쉽게 이해하겠죠. 구가 도해에 표시된 세 위치로 올라갈 때 저와 플랫랜드 사람들에게는 구의 모습이 동그라미로 밖에 보이지 않으며, 처음엔 실물 크기로 보이다가 차츰 작아져서 마지막에는 점에 가까울 만큼 아주 작아지는 현상을 말입니다. 하지만 여러 가지 사실들을 제 눈으로 직접 보고도 그 원인에 대해서는 여전히 알 길이 없었죠. 제가 이해할 수 있는 것이라고는 동그라미가 스스로 점점 작아지다가 사라졌다는 것, 그리고 지금 다시 나타나서 빠른 속도로 점점 제 몸의 크기를 키우고 있다는 것뿐이었어요.

원래 크기로 돌아온 구는 깊은 한숨을 내쉬더군요. 제 침묵으로 제가 그의 말을 전혀 이해하지 못했음을 알아챈 거죠. 솔직히 저는 이제 구가 동그라미가 아니라 굉장히 영리한 곡예사가 틀림없다고 믿어버리고 싶었어요. 아니면 노파들의 허무맹랑한 이야기들이 사실이어서 마법사나 마술사 같은 사람들이 정말로 존재한다고 믿고 싶어졌습니다.

구는 한참 동안 아무 말이 없더니 혼잣말로 중얼거렸습니다. "행동으로도 설득이 어렵다면 남은 방법은 한 가지뿐이지. 유추를 시도해봐야겠어." 그러고는 한참 동안 침묵이 이어지더니 마침내 대화를 계속했어요.

구. 수학자 선생님, 제 질문에 대답해주십시오. 한 점이 북쪽으로 움직인다면, 그리고 빛을 발하면서 흔적을 남긴다면 선생님은 그 흔적에 어떤 이름을 부여하겠습니까?

나. 직선이라고 하겠습니다.

구. 그렇다면 하나의 직선은 몇 개의 끝점을 지니고 있습니까?

나. 두 개의 끝점을 지니고 있습니다.

구. 이제 북쪽으로 향하는 직선이 동쪽에서 서쪽으로 평행하게 이동하고, 모든 점이 움직이면서 직선의 흔적을 남긴다고 상상해보십시오. 이렇게 해서 만들어진 도형의 이름을 무엇이라고 하겠습니까? 우리는 이것이 원래 직선과 같은 거리를 사이에 두고 이동한다고 가정하겠어요. 이 도형의 이름을 무엇이라고 할까요?

나. 사각형입니다.

구. 그렇다면 사각형에는 몇 개의 변이 있나요? 각은 몇 개인가요?

나. 네 개의 변과 네 개의 각이 있지요.

구. 이제 좀 더 상상력을 발휘해보십시오. 플랫랜드에 있는 사각
형 하나가 평행하게 위로 이동하는 모습을 마음속에 그려보
세요.

나. 뭐라고요? 북쪽으로요?

구. 아니요, 북쪽이 아니라 위로요. 플랫랜드 밖을 완전히 벗어
나보란 말입니다.

사각형이 북쪽으로 움직이면, 사각형에 있는 남쪽의 점들은
이전에 북쪽의 점들이 차지하던 위치를 지나 이동해야 할 거
예요. 하지만 내 말은 그런 의미가 아닙니다.

사각형인 당신을 예로 드는 것이 좋겠군요. 내 말은 당신 안
에 있는 모든 점들, 이를테면 당신의 내부에 있는 모든 점들
이 통째로 공간을 지나 위로 이동하는 겁니다. 어떤 점도 다
른 점이 이전에 차지했던 위치를 지나가지 않는 방식으로 말
이죠. 이렇게 되면 각각의 점은 당연히 하나의 직선을 만들

겠지요. 순전히 비유에 따르면 그렇다는 건데, 틀림없이 당신을 이해시키는 데 도움이 될 거예요.

저는 꾹 참았어요. 당장에라도 저 방문객에게 달려들어 플랫랜드 밖으로 내쫓아서 공간인지 뭔지에 보내버리고 영원히 안 보고 싶은 심정이었거든요. 하지만 일단 대꾸는 했습니다.

"선생님이 말씀하시는 '위'라는 곳으로 이동해서 어떤 도형이 만들어졌을 때 그 도형의 본질은 무엇입니까? 제 생각에 그건 플랫랜드의 언어로 설명할 수 있을 것 같은데요."

구. 오, 물론이지요. 그건 아주 분명하고 단순하며 유추에 정확하게 부합해요. 그런데 이제는 그렇게 만들어진 결과물을 도형이라고 불러서는 안 됩니다. 입체라고 불러야 하지요. 아무튼 그것에 대해 설명을 드리겠습니다. 설명이라기보다 유추를 통해 보여드리는 것이지만요.

우리는 하나의 점에서 시작했어요. 물론 그 점은 그 자체로 하나의 점이며, 단 하나의 끝점을 가지고 있습니다.

한 점은 두 개의 끝점으로 선을 만듭니다. 자, 이제 당신은 당신 자신의 문제에 직접 답할 수 있을 겁니다. 1, 2, 4는 틀림없이 등비수열을 이루는 수이지요. 그럼 다음 수는 무엇일까요?

나. 8이요.

구. 맞아요. 하나의 사각형이 여덟 개의 끝점을 지닌 무언가를 만듭니다. 당신은–아직–그–이름을–모르지만–우리는–그것을–입방체라고 부르지요. 이제 납득이 되시나요?

나. 그럼 그 피조물 역시 각은 물론이고 변도 지니고 있나요? 혹은 당신이 "끝점"이라고 부르는 걸 지니고 있습니까?

구. 물론이지요. 유추에 따르면 모두 지니고 있어요. 저, 그런데 당신이 변이라고 부르는 것이 아니라 우리가 변이라고 부르는 걸 지닌답니다. 당신은 그것을 입체라고 불러야겠지요.

나. 그럼 '위로' 향하는 제 내부의 움직임에 의해 제가 만들게 될 이 존재에는 몇 개의 입체 혹은 변이 있나요? 그리고 당신은 그걸 입방체라고 부르나요?

구. 아니 어떻게 그런 걸 물을 수 있지요? 당신 수학자잖아요! 어떤 도형의 측면이든, 이렇게 말해도 좋다면, 그 도형보다는 한 차원이 낮아요. 따라서 점 뒤에는 차원이 없으므로 한 점은 0개의 측면을 가지고 있지요. 또한 한 직선에는 말하자면 2개의 측면이 있어요(한 선분의 양 끝점들은 관례상 측면들이라고 부를 수 있으니까요). 그리고 하나의 사각형에는 4개의 측면이 있답니다. 0, 2, 4. 이걸 무슨 수열이라고 하지요?

나. 등차수열이요.

구. 그럼 다음에 무슨 수가 나올까요?

나. 6이요.

구. 맞습니다. 이제 당신의 질문에 대한 답을 아셨겠지요. 당신이 만들 입방체는 여섯 개의 면, 다시 말해 당신의 내부 여섯 개가 모여 이루어진다는 걸 말입니다. 이제 확실하게 이해가 되셨나요, 네?

"이 괴물." 저는 날카롭게 소리를 질렀어요. "사기꾼, 마법사, 악마. 이건 꿈이야, 더 이상 당신의 조롱을 참아주지 않겠어. 당신이 죽든 내가 죽든 둘 중 한 사람은 끝장이 나야겠어." 저는 이렇게 말하면서 그에게 달려들었습니다.

17
구가 말로 설명하려다 실패하고
결국 행동으로 보여주다

◇

　하지만 허사였어요. 저는 가장 단단한 오른쪽 모서리로 격렬하게 이방인과 충돌했고, 보통 동그라미라면 부숴버리고도 남을 만큼 있는 힘껏 그를 짓눌렀어요. 하지만 그가 제 몸에서 서서히 벗어나 달아나는 게 느껴지더군요. 그는 오른쪽으로도 왼쪽으로도 움직이지 않았고, 어떻게 그럴 수 있었는지 모르겠지만, 세계 밖으로 이동해 흔적도 없이 사라져버렸어요. 순식간에 빈 공간만 덩그러니 남기고 말이에요. 하지만 제 귀에는 여전히 침입자의 소리가 들렸습니다.

　구. 왜 내 설명을 들으려 하지 않으세요? 난 천 년에 단 한 번 3차
　　　원 복음을 전파할 수 있는 사도로 분별 있고 유능한 수학자인
　　　당신이 적임자일 거라고 기대했어요. 하지만 이제 어떻게 해

야 당신을 설득시킬 수 있을지 모르겠습니다. 잠깐만요, 한 가지 방법이 있어요. 말이 아닌 행동으로 보여드리면 틀림없이 진실을 가르쳐드릴 수 있을 거예요. 내 말을 잘 들어보십시오.

아까 나는 내가 사는 공간에서는 당신이 닫혀 있다고 생각하는 모든 사물의 내부를 볼 수 있다고 말했어요. 예를 들어, 나는 당신이 서 있는 곳 가까이에 놓인 저쪽 벽장 내부를 볼 수 있습니다. 당신이 상자라고 부르는 것이 몇 개 있고, 그 안에는 돈이 가득 들어 있군요(하지만 플랫랜드의 모든 사물이 그렇듯 이 상자들 역시 윗면과 아랫면이 없네요). 두 권의 장부도 보입니다. 지금 곧 벽장 안으로 내려가 당신에게 장부 한 권을 가져다주겠어요. 나는 30분 전에 당신이 벽장문을 잠그는 것도 봤어요. 당신이 소지품 안에 열쇠를 둔 것도 알고 있지요. 하지만 난 이제 공간에서 내려갑니다. 당신이 보다시피 문은 전혀 움직이지 않고 있어요. 나는 지금 벽장 안에 있고, 장부를 손에 잡으려고 해요. 이제 장부를 잡았습니다. 그리고 지금은 장부를 가지고 올라가고 있어요.

저는 벽장으로 달려가 황급히 문을 열었습니다. 정말로 장부 한 권이 없어졌지 뭐예요. 그때 이방인이 비웃듯 웃으며 방의 다른 쪽 모퉁이에서 모습을 드러냈고, 그와 동시에 바닥 위에 장부가 보였어요. 저는 장부를 집었습니다. 의심의 여지가 없더군요. 그것은 사라진 장부였습니다.

제 머리가 돈 건 아닐까 의심스러워 두려움에 신음 소리를 냈습니다. 그런데 이방인이 계속해서 말하더군요. "이제 내 설명이 이 현상과 정확하게 일치한다는 걸 알겠지요. 당신이 입체라고 부르는 것은 사실상 표면일 뿐입니다. 당신이 공간이라고 부르는 것은 사실상 거대한 평면이고요. 나는 공간 안에 있고, 당신에게는 외부만 보이는 사물의 내부를 내려다볼 수 있어요. 필요한 자유의지만 발휘할 수 있다면 당신도 이 평면을 떠날 수 있습니다. 위나 아래로 조금만 움직이면 내가 볼 수 있는 모든 것을 당신도 볼 수 있어요.

난 위로 올라갈수록, 그리고 당신의 평면으로부터 멀어질수록 더 많은 것을 볼 수 있죠. 물론 점점 작게 보이겠지만요. 예를 들어 보겠습니다. 난 지금 위로 올라가고 있어요. 지금 당신의 이웃인 육각형과 그의 가족이 각자의 방에 있는 모습이 보입니다. 지금은 극장 내부가 보이는군요. 열 개의 문이 열려 있고, 이제 막 관객들이 문을 나서고 있어요. 반대편에는 동그라미가 여러 권의 책을 펼쳐놓고 서재에 앉아 있네요. 이제 당신에게 돌아오겠어요. 그런데 가장 확실한 증거로 내가 당신의 배를 만져보면, 아주 살짝만 만져보면 어떨까요? 당신을 많이 다치게 하진 않겠습니다. 약간 아프겠지만 그 정도는 당신이 받게 될 정신적 이익에 비하면 아무것도 아닐 겁니다."

저는 뭐라고 항의를 하려 했지만 어느새 뱃속에서 찌릿하는 통증이 느껴졌고 제 안에서 악마의 웃음소리가 흘러나오는 것 같았어요. 잠시 후 날카로운 고통이 그치고 둔중한 통증만 남더군요. 이방인이 다시 모습을 드러내기 시작했고, 점점 크기가 커지더니 이렇게 말했어요. "그거 보세요, 많이 아프지는 않았지요. 그렇죠? 아직도 내 말을 믿지 못한다면 이제 당신을 어떻게 납득시켜야 할지 모르겠습니다. 당신 의견을 말씀해보세요."

저는 결심이 섰어요. 이렇게 제멋대로 홀연히 나타나 뱃속에다 장난이나 치는 마법사에게 당하고만 있다니 도저히 참을 수 없을 것 같았죠. 아, 누군가 도와줄 사람이 올 때까지 어떻게든 저 인간을 벽에 밀어붙여 꼼짝 못하게 하면 좋으련만!

저는 가장 단단한 각으로 다시 한 번 그 자를 들이받았고, 동시에 도와달라고 외쳐 온 집안에 위급 상황을 알렸어요. 제가 행동을 개시했을 때 아마도 이방인은 우리의 평면 아래로 내려갔고, 올라오는 데 꽤나 애를 먹지 않았나 싶습니다. 어쨌든 누군가 저를 돕기 위해 다가오는 소리가 들리는 것 같아 더욱 힘껏 그를 누르면서 계속해서 도와달라고 외쳤는데, 그 동안에도 그는 여전히 꼼짝하지 않더군요.

그러자 그가 격렬하게 몸서리를 쳤어요. "이건 아니야." 그가 말하는 소리가 들리는 것 같았어요. "사각형이 내 설명을 듣지 않으면, 마지막 남은 문명의 수단에 의지해야 해." 그러더니 더 큰 소리로 다급하게 외치더군요. "내 말을 들어보세요. 어떤 낯선 이도 당신이 목격한 것들을 목격해서는 안 됩니다. 당신 아내가 이 방에 들어오기 전에 당장 그녀를 돌려보내요. 3차원 복음이 이렇게 좌절되어서는 안 됩니다. 천 년을 기다려온 결실이 이렇게 무너져서는 안 돼요. 그녀가 오는 소리가 들려요. 돌아가라고 하세요! 돌아가라고! 나에게서 떨어지게 하세요. 안 그러면 당신은 나와 함께 당신이 알지 못하는 3차원 세계로 가야 합니다!"

"이 사기꾼! 미친 놈! 불규칙!" 저는 소리쳤어요. "네놈을 풀어주나 봐라. 네놈이 저지른 사기에 대가를 치르게 될 거다."

"하! 결국 이럴 건가요?" 이방인이 고함을 쳤어요. "그렇다면 당신의 운명을 받아들이는 수밖에요. 당신의 평면 세계를 벗어나 나와 함께 갑시다. 하나, 둘, 셋! 자, 다 왔습니다!"

18
내가 스페이스랜드에 오게 된 방법과
그곳에서 본 것들

말할 수 없는 공포가 저를 사로잡았어요. 주위는 온통 어둠뿐이었지요. 곧이어 익히 알고 있는 것과 다른 광경에 어지럽고 메스꺼운 느낌이 들었어요. 저는 선이 아닌 선, 공간이 아닌 공간을 보았습니다. 나는 나이면서 내가 아니었어요. 간신히 목소리를 낼 수 있게 되었을 때, 저는 몹시 고통스러워 크게 악을 쓰며 말했어요. "이건 미친 짓이야. 아니면 이곳은 지옥이든지." "둘 다 아닙니다." 구의 목소리가 차분하게 대꾸했어요. "이것은 지식입니다. 그리고 이곳은 3차원이에요. 다시 한 번 눈을 떠서 차분히 보려고 해보십시오."

주변을 둘러보니, 제 앞에 새로운 세상이 펼쳐져 있지 뭡니까! 동그라미의 완벽한 아름다움에 대해 유추하고 짐작하고 꿈꾸었던 모든 것이 제 앞에 또렷하게 구체적인 모습으로 한꺼번에 드러나 있었어요. 이방인 형체의 중심인 듯한 무언가가 시야에 들어왔습니다. 하지만 심장이나, 폐, 동맥은 보이지 않고, 아름답고 조화로운 무언가만 보이더군요. 그것을 뭐라고 표현해야 할지 모르겠는데, 아마 스페이스랜드의 독자 여러분은 그것을 구의 표면이라고 불렀겠지요.

저는 마음속으로 제 안내자 앞에 엎드리며 이렇게 외쳤어요. "오, 완전한 사랑과 지혜가 충만한 성스러운 분이시여, 어찌하여 저는 당신의 내면을 보고도 당신의 심장, 당신의 폐, 당신의 동맥, 당신의 간을 알아볼 수 없는 건가요?" "당신은 그것들을 볼 수 없을 겁니다." 구가 대답했어요. "당신에게도, 다른 어떤 존재에게도 내 몸의 내부는 보이지 않아요. 나는 플랫랜드의 존재와는 다른 종류의 존재랍니다. 내가 동그라미라면 당신은 내 내장을 똑똑히 볼 수 있었을 거예요. 하지만 아까도 말했다시피 나는 수많은 동그라미들로 이루어진 존재, '하나의 동그라미 속에 있는 수많은 동그라미'로서 이곳에서는 구라고 불립니다. 그리고 정육면체의 겉모습이 사각형이듯 구의 겉모습은 동그라미 모양으로 드러나지요."

저는 스승의 알 수 없는 말에 어리둥절했지만, 더 이상 조바심 내지 않고 조용히 흠모하는 마음으로 그를 숭배했어요. 그는 더욱 온화한 목소리로 계속해서 말을 이었습니다. "스페이스랜드의 심오

한 신비를 당장 이해할 수 없다 해도 괴로워하지 마십시오. 차츰 깨
닫게 될 겁니다. 먼저 당신이 살던 세계로 돌아가 간단히 살펴보면
서 이야기를 시작해보죠. 잠시 플랫랜드의 평지로 돌아갑시다. 내
그곳에서 당신이 자주 논리적으로 추론하고 생각했지만 시각으로
는 한 번도 본 적 없는 내용을 보여주겠습니다. 바로 각을 보는 겁니
다." "말도 안 돼요!" 제가 외쳤어요. 하지만 구는 저를 안내했고 저
는 마치 꿈을 꾸듯 그를 따라갔습니다. 그리고 그의 목소리에 걸음
을 멈추었어요. "저쪽을 보십시오. 당신의 오각형 집과 그곳에 거주
하는 사람들을 보세요."

저는 아래를 내려다보았고, 지금까지 단순히 지성에 의지해 추론
해 왔던 집안의 특징들을 맨눈으로 낱낱이 보았습니다. 지금 제가 바
라보는 현실에 비하면 추론에 의한 짐작은 얼마나 보잘것없고 희미
하던지요! 네 명의 아들은 북서쪽 방에서, 부모가 없는 두 손자는 남
쪽 방에서 조용히 자고 있었어요. 하인들과 집사와 딸은 모두 각자의
방에 있고요. 제가 오래 집을 비우는 것이 걱정됐는지, 다정한 제 아
내만이 방에서 나와 거실을 위아래로 서성거리며 제가 오기를 오매
불망 기다리고 있었어요. 제가 외치는 소리에 잠에서 깬 시동도 자기
방에서 나오더니, 제가 어딘가에서 기절해 있는지 확인한다는 구실
로 제 서재의 캐비닛 속을 엿보고 있었어요. 이제 저는 이 모든 장면
을 단순히 추측하는 것이 아니라 두 눈으로 생생하게 볼 수 있었고,
점점 가까이 다가갈수록 캐비닛 속 물건들과 두 개의 금궤, 그리고

구가 언급했던 장부들까지 똑똑히 알아볼 수 있었습니다.

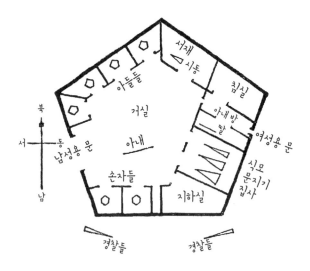

저는 걱정하는 아내가 안쓰러운 나머지 아내를 안심시키기 위해 아래로 뛰어내리려 했지만 몸을 움직일 수 없다는 걸 알았어요. "부인은 염려하지 마십시오." 제 안내자가 말했어요. "부인은 곧 불안에서 벗어날 테니, 그동안 우리는 플랫랜드를 살펴봅시다."

다시 한 번 공간을 뚫고 올라가는 느낌이 들었어요. 과연 구가 말한 그대로였습니다. 바라보는 대상에서 멀어질수록 시야는 더욱 넓어지더군요. 모든 집들의 내부와 그 안에 살고 있는 모든 존재들과 함께 제가 태어난 도시가 축소된 크기로 시야에 펼쳐졌어요. 우리는 더 높이 올라갔습니다. 그러자, 우와, 신비로운 대지와 깊은 광산, 언덕 속에 자리 잡은 동굴들이 제 눈앞에 그대로 드러나는 것이었어요.

비루한 제 눈앞에 이렇게 베일을 벗은 땅의 신비로운 풍경이 펼쳐지자 한없이 경이롭더군요. 저는 동행인에게 이렇게 말했답니다. "보세요, 저는 이제 신처럼 되었습니다. 우리 나라의 현자들에게 모든 것을 본다는 것은, 그들 표현대로 말하면 **전시**(全視, omnividence)하다는 것은 신만이 지닌 유일한 속성이니까요." 그런데 제 말에 대꾸하는 스승의 목소리에서 경멸감 같은 것이 느껴졌어요. "정말로 그렇습니까? 그렇다면 우리 나라의 소매치기와 살인자들은 당신 나라의 현자들에게 신으로 숭배를 받겠군요. 그들도 지금 당신이 보는 만큼은 보니까요. 내 말을 믿으세요. 당신 나라의 현명한 사람들이 틀렸습니다."

나. 그렇다면 신뿐 아니라 다른 이들도 모든 것을 볼 수 있는 능력이 있단 말입니까?

구. 그건 모릅니다. 하지만 우리 나라의 소매치기나 살인자가 당신 나라에 있는 모든 것을 볼 수 있다고 해서, 소매치기나 살인자가 당신들에게 신으로 받들어져야 할 이유가 될 수는 없습니다. 당신이 말하는 **전시함**(스페이스랜드에서 거의 사용하지 않는 단어입니다)이라는 것이 당신을 더 정의롭고 더 자비롭고 더 이타적이고 더 다정하게 해주나요? 결코 그렇지 않잖아요. 그런데 그것이 어떻게 당신을 더 신성하게 만들겠어요?

나. "더 자비롭고, 더 다정하게"라뇨! 그런 건 여자들에게나 있는 특징이라고요! 그리고 우리는 지식과 지혜가 한낱 애정보다 더 높은 평가를 받는 한, 동그라미가 직선보다 더 높은 존재라고 믿고 있어요.

구. 가치에 따라 인간의 역량을 분류하는 것은 제 관심사가 아닙니다. 하지만 스페이스랜드에서 가장 훌륭하고 현명한 사람들 가운데 대다수는 이해력보다는 애정을, 당신이 격찬하는 동그라미보다 멸시하는 직선을 더 중요한 것으로 여깁니다. 저 건물 아시죠?

저는 구가 가리키는 쪽을 보았어요. 저 멀리 거대한 다각형 건축물이 보였고, 그건 플랫랜드의 의회의사당이었죠. 서로 직각으로 배치되어 빽빽하게 늘어선 오각형 건물들에 둘러싸인 의회의사당은 제가 아는 도로에 위치해서, 우리가 대도시를 향해 다가가고 있다는 걸 알 수 있었어요.

"여기에서 내려갑시다." 안내자가 말했어요. 그때는 아침이었고,

우리 연대로 2000년의 첫 날 첫 아침 시간이었어요. 이 나라 최고 신분의 동그라미들은 1000년의 첫 날 첫 시간과 0년의 첫 날 첫 시간에 그랬던 것처럼, 이번에도 선례에 따라 어김없이 엄숙한 비밀회의를 열었습니다.

누군가가 과거 회의들을 기록한 회의록을 읽고 있더군요. 그가 제 남동생이라는 걸 대번에 알아보았죠. 남동생은 완벽하게 대칭을 이루는 사각형으로 최고위원회 서기장이었어요. 매번 새 천 년이 시작되는 첫날에는 다음과 같은 내용이 기록되었다고 합니다. "국가는 다른 세계에서 계시를 받았다고 자처하는 자들, 시위를 일으켜 자신은 물론 다른 사람들이 격분하도록 선동했다고 공표하는 자들 등 온갖 부류의 악의를 품은 자들에 의해 곤란을 겪는 바, 이러한 이유로 최고위원회에서는 매 천 년 기의 첫 날, 플랫랜드 각 주의 주지사들에게 특별 명령을 내릴 것을 만장일치로 결정하였다. 즉, 그처럼 그릇된 자들을 엄중히 조사하되 수학적 검사라는 형식적인 절차를 밟지 않아도 좋다. 이등변삼각형은 각도를 막론하고 모두 제거하고, 규칙 삼각형은 징벌하여 감금한다. 사각형이나 오각형은 해당 지역 정신병동으로 보내고, 고위층 계급은 모두 체포 즉시 수도로 보내 위원회에서 조사 및 판결을 받도록 한다."

"당신의 운명에 대해 듣고 있군요." 최고위원회가 세 번째 공식 결의안을 통과시키는 동안 구가 저에게 말했어요. "3차원 복음의 사도들을 기다리는 것은 죽음이나 감금입니다." "그렇지 않아요."
제가 말했어요. "전 이제 똑똑히 알겠어요. 어린아이도 이해시킬 수
있을 만큼 실제 공간의 본질을 분명하게 알 것 같아요. 지금 당장 아
래로 내려가서 저 사람들을 깨우치게 해주세요." "아직은 안 됩니
다." 제 안내자가 말했어요. "때가 올 거예요. 그때까지 나는 임무를
수행해야 합니다. 아직은 이곳에 그대로 계세요." 그는 이렇게 말하
더니, 매우 민첩하게 (이렇게 불러도 좋다면) 플랫랜드의 바다, 다시
말해 의회 의원들이 모여 있는 한가운데로 뛰어들었어요. 그러고는
이렇게 외쳤습니다. "3차원 세계의 존재를 선포하러 왔소이다."

저는 구의 둥근 단면이 점차 넓어지자 젊은 의원들이 파르르 공
포에 떨며 뒤로 물러나는 모습이 보였습니다. 하지만 회의를 주재
하는 동그라미는 두렵거나 놀라는 기색이 조금도 드러나지 않더군
요. 그가 신호를 보내자, 지위가 낮은 이등변삼각형 여섯 명이 여섯
개 구역에서 구를 향해 달려들었습니다. "그 자를 잡았습니다." 그
들이 소리쳤어요. "앗, 놓쳤습니다. 아니, 다시 잡았습니다. 그 자를
꽉 붙들고 있습니다! 앗, 그 자가 사라지고 있습니다! 완전히 사라졌
습니다!"

"의원님들." 의장이 의회의 젊은 동그라미들에게 말했어요. "조
금도 놀랄 필요 없습니다. 의장 전용 기밀 공문서에 따르면, 과거 두
차례 새 천 년의 첫날에도 이와 유사한 일이 일어났다고 합니다. 물론

여러분은 이 사소한 사건을 의회장 외부로 발설하지 않으시겠지요."

　의장은 이제 목소리를 높여 경호원을 호출했어요. "경찰들을 체포하고 입을 막아라. 너희들은 자신의 의무를 알 것이다." 그는 밝혀서는 안 되는 국가 기밀을 본의 아니게 목격하게 된 불운한 이들, 저 가련한 경찰들을 각자의 운명에 넘긴 뒤 다시 의원들을 향했습니다. "친애하는 의원 여러분, 의회의 안건을 마치겠습니다. 모두 새해 복 많이 받으십시오." 그는 자리를 떠나기 전, 대단히 유능하지만 무척이나 불운한 제 남동생인 서기장에게 한참 동안 진심어린 유감의 뜻을 밝혔습니다. 선례에 따라 그리고 비밀 유지를 위해 부득이 종신형을 선고할 수밖에 없었다면서요. 그날의 일을 발설하지 않는 한 목숨은 살릴 수 있어 그나마 마음이 놓인다고 덧붙이더군요.

19
구가 스페이스랜드의 다른 미스터리를
보여주었지만 나는 여전히 더 알길 원했고,
그로 인해 무슨 일이 생겼는가

◇

  불쌍한 남동생이 감옥으로 끌려가는 모습을 보았을 때, 저는 그를 위해 선처를 호소하기 위해, 하다못해 그에게 작별 인사라도 하기 위해 의회장으로 뛰어내리려 했습니다. 하지만 제 힘으로는 꼼짝도 할 수 없다는 걸 알았어요. 제 움직임은 순전히 안내자의 의지에 달려 있었죠. 그가 침울한 어조로 말했어요. "남동생 일에 마음쓰지 마십시오. 아마 그를 애통해할 시간은 앞으로도 충분할 겁니다. 날 따라 오세요."

  우리는 다시 공간 속으로 올라갔어요. 구가 말했습니다. "지금까지는 평면 도형과 그 내부에 대해서만 알려드렸습니다. 이제부터는 입체에 대해 소개하고, 그것이 어떤 설계를 바탕으로 만들어지는지 알려드리려 합니다. 여기 움직일 수 있는 많은 수의 사각형 카드들을 보세요. 한 장의 카드 위에 다른 카드를 올려놓겠습니다. 자, 보세요. 당신이 생각했던 것처럼 다른 카드의 북쪽이 아니라 바로 그 카드의 위에 올려놓을 거예요. 그리고 두 번째, 세 번째 카드도 올리겠습니다. 보십시오. 많은 수의 사각형들을 서로 평행하게 올려놓음으로써 입체가 만들어지고 있어요. 이제 입체가 완성되었습니다. 높이, 길이, 너비가 동일하지요. 우리는 이걸 정육면체라고 부릅니다."

"죄송하지만 선생님." 제가 말했어요. "제 눈에는 내부가 들여다보이는 불규칙 도형의 겉모습으로 보이는데요. 다시 말해, 입체는 보이지 않고 이를테면 우리가 플랫랜드에서 추론하는 것과 같은 평면만 보이는 것 같습니다. 무시무시한 범죄자를 나타내는 불규칙 도형이 연상돼서 보기만 해도 두 눈이 아플 지경이에요."

"맞습니다." 구가 말했어요. "당신에게는 평면으로 보일 거예요. 당신은 명암과 원근법에 익숙하지 않으니까요. 시각 인식 기술이 없는 사람에게 플랫랜드의 육각형이 직선으로 보이는 것처럼 말이에요. 하지만 이것은 실제로 입체입니다. 촉각으로 알게 될 거예요."
그러더니 그는 저를 정육면체 앞으로 데리고 갔고, 곧이어 저는 이 놀라운 존재가 정말로 평면이 아닌 입체라는 걸 알게 됐어요. 정육면체가 여섯 개의 평평한 면과 입체각이라고 하는 여덟 개의 끝점을 지니고 있다는 사실도 알게 됐고요. 그때 이 같은 존재는 하나의 사각형이 공간 안에 그대로 평행하게 이동함으로써 만들어진다는 구의 말이 떠올랐죠. 그리고 저처럼 하찮은 존재가 어떤 의미에서 그토록 훌륭한 후손의 선조로 불릴 수 있다는 생각에 무척 기뻤답니다.

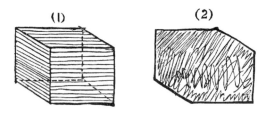

하지만 여전히 스승님이 말한 "명암"이니 "원근법"이니 하는 것이 무슨 의미인지 충분히 이해할 수 없었어요. 그래서 도무지 이해가 가지 않는다고 그에게 서슴없이 말했습니다.

제가 이 문제에 대한 구의 설명을 아무리 간단명료하게 전달한다해도, 이미 내용을 다 아는 스페이스랜드의 주민들에게는 무척 지루할 거예요. 구는 대상의 빛과 위치를 바꿔가며 쉽고 명확하게 설명했고, 여러 대상들은 물론이고 자신의 신성한 몸을 직접 느끼게함으로써 마침내 모든 내용을 이해시켜 주었답니다. 덕분에 지금 저는 동그라미와 구, 평면 도형과 입체를 쉽게 구분할 수 있게 되었죠.

희한하고 파란만장한 제 역사의 절정이자 낙원 같은 시절은 여기까지입니다. 이제부터는 비참한 몰락의 과정을 이야기해야 합니다. 몹시도 비참하지만 그마저도 과분하다고 해야 하겠지요! 어째서 저에게 지식을 향한 갈망이 일었던 걸까요? 결국엔 실망과 형벌만 안게 될 것을! 굴욕을 상기시키는 고통스러운 일은 제 의지를 위축시키죠. 하지만 저는 제2의 프로메테우스처럼 그것을, 아니 그보다 더한 괴로움도 견뎌낼 겁니다. 2차원이나 3차원, 그밖에 유한한 차원으로 우리의 존재를 제한했던 기만에 과감히 맞서겠노라는 기개를 평면 인류와 입체 인류들 사이에 불러일으킬 수만 있다면 말입니다. 그리고 모든 사적인 사고는 배제하겠어요! 처음과 마찬가지로 마지막까지, 옆길로 벗어나거나 무언가를 함부로 예측하지 않고 냉철한 역사가 닦아놓은 분명한 길을 추구하겠습니다. 정확한 사실을 정확한 단어로, 제 머릿속에 각인된 이 모든 것들을 조금도 각색하지 않고 있는 그대로 기록하겠어요. 그러니 저와 운명의 신 가운데 과연 누가 옳은지 독자들께서 판단해주시기 바랍니다.

구는 저에게 원기둥, 원뿔, 각뿔, 오면체, 육면체, 십이면체, 구 등 모든 정다면체들의 형태를 가르침으로써 기꺼이 수업을 계속하려 했습니다. 하지만 감히 제가 수업을 중단하고 말았죠. 배움에 지쳐서가 아니었어요. 오히려 저는 그가 제공하는 것보다 훨씬 깊고 풍부한 지식을 갈망하고 있었으니까요.

제가 말했어요. "죄송합니다만 더 이상 선생님을 모든 아름다움의 완성이라고 부를 수 없을 것 같습니다. 하오나 청컨대 미천한 제가 선생님의 내부를 보게 해주십시오."

구. "나의 뭘 본다고요?"

나. "선생님의 내부를 말입니다. 당신의 위장, 당신의 창자를요."

구. "왜 이처럼 적절하지 않은 때에 무례한 청을 하시는 건가요? 그리고 내가 더 이상 모든 아름다움의 완성이 아니라니, 그건 또 무슨 말입니까?"

나. 선생님, 선생님의 지혜는 저에게 선생님보다 훨씬 훌륭하며 더욱 아름답고 보다 완벽에 가까운 존재를 열망하도록 가르치셨지요. 플랫랜드의 모든 형태를 능가하는 선생님께서 무수한 동그라미들이 하나로 결합되어 이루어진 것처럼, 틀림없이 선생님보다 더 높은 존재, 많은 구들이 결합되어 이루어진 어떤 최고의 존재, 심지어 스페이스랜드의 입체들을 능가하는 존재가 있을 것입니다. 지금 스페이스랜드에서 플랫랜드를 내려다보며 그곳에 사는 모든 존재들의 내부를 들여다보는 우리처럼, 틀림없이 우리 위에 더 높고 더 순수한 영역이 있지 않겠습니까. 그리고 선생님께서는 저를 그곳으로 이

끌어주실 겁니다. 오, 제가 언제 어디에서나 그리고 모든 차원에서 사제요 철학자요 친구로 모시는 선생님, 더욱 드넓은 공간, 더욱 차원 높은 차원성의 영역으로 저를 이끌어주소서. 그 전망 좋은 곳에서 우리는 입체로 이루어진 모든 존재의 내부를 훤히 들여다보게 될 것이며, 선생님의 내부와 선생님과 비슷한 부류인 다른 구들의 내부 또한 이미 많은 지식을 제공받은 가련한 플랫랜드 망명자의 시각에 그대로 드러날 것입니다.

구. 나 참! 쓸데없는 소리! 그런 시시한 소리 그만두세요! 시간이 없어요. 눈멀고 무지몽매한 플랫랜드 동포들에게 3차원 복음을 선포하려면 당신 앞에 놓인 과제들이 너무나 많습니다.

나. 아닙니다, 고결하신 선생님, 거부하지 말아주세요. 제가 아는 한 선생님은 제게 지식을 알려줄 힘이 있습니다. 선생님의 내부를 딱 한 번 잠깐만 들여다볼 수 있도록 허락해주십시오. 그러면 영원히 만족하면서 이후로 선생님의 착실한 제자, 기꺼이 구속된 노예가 되어 선생님의 모든 가르침을 받들겠습니다. 선생님 입술에서 떨어지는 모든 말씀을 소중하게 받아 모시겠습니다.

구. 그렇다면, 좋아요. 당신의 마음을 진정시키고 입을 다물게 하기 위해 일단 대답부터 하겠습니다. 할 수 있다면 당신이 원하는 대로 보여드리겠지만, 그럴 수 없습니다. 당신의 부탁을 들어주자고 내 위장을 꺼내 보일 수는 없지 않습니까?

나. 하지만 선생님은 저를 3차원 세계에 데리고 와서 2차원 세계에 사는 제 동포들의 내부를 보여주셨잖습니까. 그러니 이제 소인을 축복받은 영역, 4차원으로 데리고 가는 것은 얼마나 더 쉽겠습니까. 거기에서 저는 선생님과 함께 다시 한 번 3차원 세계를 내려다보고 싶습니다. 3차원으로 이루어진 모든 집의 내부와 입체적인 땅의 비밀을, 스페이스랜드의 광산에 숨은 보물들을, 모든 입체적인 생명체들과 심지어 고결하옵고 숭배되어 마땅한 구들의 내부를 내려다보고 싶습니다.

구. 하지만 그 4차원 세계가 어디에 있는데요?

나. 저야 모르죠. 하지만 선생님은 분명히 아시잖아요.

구. 나도 몰라요. 그런 세계는 없습니다. 그런 상상을 하시다니 정말 터무니없군요.

나. 선생님, 저 같은 사람도 그런 상상을 해보는데, 하물며 선생님은 더 구체적으로 생각하지 않으셨겠습니까. 아니요, 저는

희망을 버리지 않습니다. 선생님의 능력이라면 이곳 3차원 세계에서도 4차원을 보여주실 수 있을 겁니다. 2차원 세계에서처럼 말이에요. 비록 그때 저는 아무것도 볼 수 없었지만, 선생님의 능력으로 이 눈먼 제자는 보이지 않는 세 번째 차원이 존재한다는 사실에 기꺼이 눈을 뜨게 되었습니다.

지난 일을 떠올려 보겠습니다. 저 아래 세상에서 선생님은, 제가 하나의 선을 보면서 평면이라고 추측할 때, 사실은 아직 알아볼 수 없는 세 번째 차원을 보고 있는 것이라고, 밝기와 다르고 "높이"라고 불리는 새로운 차원이 있다고 가르쳐주시지 않았습니까? 마찬가지로 지금 이곳에서 제가 평면을 보고 입체라고 추측하지만, 사실은 아직 알아볼 수 없는 네 번째 차원을, 색깔과 다르고 극히 미미해 측정은 불가능하지만 분명히 존재하는 새로운 차원을 보는 것 아닐까요?

어디 그뿐 인가요, 도형의 유추를 통한 논의도 있지요.

구. 유추라니요! 말도 안 됩니다. 무슨 유추를 한단 말입니까?

나. 선생님은 제자가 전달받은 계시를 제대로 기억하고 있는지 시험하시는군요. 저를 너무 만만하게 보지 마십시오, 선생님. 저는 더 많은 지식을 갈망하고 갈구합니다. 우리의 위장

에는 눈이 없기 때문에, 우리는 지금 더 높은 차원의 다른 스페이스랜드를 볼 수 없는 것이 확실합니다. 하지만 딱하고 보잘 것 없는 라인랜드의 군주가 왼쪽으로도 오른쪽으로도 몸을 돌릴 수 없어 알아보지 못했지만 플랫랜드 왕국은 엄연히 존재했습니다. 눈멀고 분별없는 가련한 제가 그것을 만질 수 있는 능력도 알아볼 수 있는 내면의 눈도 없지만 3차원 세계는 바로 가까이에 존재했고, 제가 가진 틀을 건드렸습니다. 마찬가지로 4차원 세계 역시 틀림없이 존재하고 선생님께서는 생각이라는 내면의 눈으로 그것을 감지하실 것입니다. 그리고 선생님의 가르침에 따르면 그것은 틀림없이 존재해야만 합니다. 설마 소인에게 직접 알려주신 내용을 잊으신 건 아니겠지요?

1차원에서 한 점이 이동하여 두 개의 끝점을 지닌 하나의 선을 만들지 않았던가요?

2차원에서 한 선이 이동하여 네 개의 끝점을 지닌 하나의 사각형을 만들지 않았던가요?

제 눈으로 볼 수는 없었지만, 3차원에서 하나의 사각형이 이동하여 **여덟** 개의 끝점을 지닌 이 축복받은 존재인 정육면체를 만들지 않았던가요?

그러니 4차원에서는 하나의 정육면체가 이동해, 그러니까 신성한 정육면체가 이동해 열여섯 개의 끝점을 지닌 더욱더 신성한 어떤 구조가 만들어지지 않을까요? 유추의 과정을 통해서 생각해본 겁니다. 그게 아니라면 사실의 전개 과정이라고 해두지요.

결코 오류가 있을 수 없는 2, 4, 8, 16의 연속적인 수의 배열을 보십시오. 이것은 등비수열 아닌가요? 선생님의 말을 인용하면, 이것은 "정확하게 유추에 부합하지 않나요?"

다시 말해, 하나의 선에는 경계를 나타내는 두 개의 점이 있고, 하나의 사각형에는 경계를 나타내는 네 개의 선이 있듯이, 틀림없이 하나의 정육면체에는 경계를 나타내는 여섯 개의 사각형이 있다고 선생님께서 제게 가르쳐 주시지 않으셨나요? 이 확실한 수열을 다시 한 번 보십시오. 2, 4, 6. 바로 등차수열 아닙니까? 따라서 4차원 나라에서 신성한 정육면체의 더욱 신성한 후손은 당연히 경계를 나타내는 8개의 정육면체를 지녀야 하지 않을까요? 그리고 이것은 또한 선생님께서 저에게 믿으라고 가르치신 "정확하게 유추에 부합되는" 내용 아닌가요?

오, 선생님, 나의 선생님, 저는 사실을 알지 못한 채 믿음 안에서 추측에 의지합니다. 그러니 제 논리적 예측이 사실임을 확증하시거나 혹은 틀렸다고 말씀해주시길 간청합니다. 제가 틀렸다면 이제부터 선생님 말씀에 순종하여 다시는 4차원 세계를 보여달라고 조르지 않겠습니다. 하지만 제가 옳다면 선생님께서 이성에 따르시리라 생각합니다.

그러므로 저는 선생님께 여쭤보고 싶습니다. 지금까지 선생님 세계의 다른 사람들도 그들보다 높은 차원에 있는 어떤 존재가 내려와, 선생님이 우리 집에 오셨던 것처럼 문도 창문도 열려 있지 않고 사방이 막힌 방으로 들어와서 자유자재로 나타났다 사라지는 모습을 목격한 일이 있습니까? 이 질문의 대답에 기꺼이 제 모든 걸 걸겠습니다. 그런 일이 없다고 하신다면 이후로 저는 침묵을 지키겠습니다. 어서 대답해주십시오.

구. (잠시 생각에 잠긴 뒤) 그런 기록이 있긴 합니다. 하지만 사실에 관해서는 사람들마다 의견이 분분해요. 심지어 사실을 인정한다 해도 설명하는 내용은 제각각이고요. 그러나 다양한 설명이 아무리 많다 해도 4차원 이론을 도입하거나 제시하는 사람은 아무도 없습니다. 그러니 이런 시시한 이야기는 그만두고 우리 할 일로 돌아갑시다.

나. 그럴 줄 알았어요. 제 예상이 맞을 줄 알았다니까요. 그러니 더할 나위 없이 훌륭하신 선생님, 이제 제게 조금만 더 인내심을 발휘하시어 한 가지만 더 제 질문에 답해주시면 감사하겠습니다! 그렇게 어디에서 오는지 아무도 모를 곳에서 홀연히 나타났다가, 어디로 가는지 아무도 모를 곳으로 되돌아가는 사람들은 역시나 자신의 단면을 축소시켰을까요? 그리고 제가 지금 선생님께 안내를 청하고 있는 더 넓은 공간으로 사라진 건가요?

구. (침울하게) 그들은 틀림없이 사라졌을 겁니다. 혹시 나타난 적이 있다면 말이에요. 하지만 대부분의 사람들은 이런 환영이 생각에서, 즉 뇌라는 곳에서 나온 것이라고 말합니다. 선지자의 섭동된 모서리에서 나왔다고 말해요. 물론 당신은 제 말이 잘 이해되지 않겠죠.

나. 사람들이 그렇게 말한다고요? 오, 믿을 수 없어요. 혹시라도 그 말이 사실이라면, 이 다른 공간은 사실상 생각으로 이루어진 세계일 테니, 생각 속의 제가 모든 입체들의 내부를 볼 수 있는 그 축복받은 곳으로 절 데려가 주십시오. 황홀경에 빠진 제 눈앞에는 입방체가 완전히 새로운 방향으로, 그렇지만 정확히 유추에 따라 움직일 것입니다. 내부의 모든 파편들이 흔적을 남기며 새로운 종류의 공간을 지나가도록 말이에요.

그렇게 해서 맨 끝에 열여섯 개의 추가적인 입체각과 바깥 테두리의 경계선인 여덟 개의 입체 입방체가 있는, 처음 모습보다 훨씬 완벽하게 완성된 모습이 만들어지겠지요. 그런데 일단 그 상태가 되면 죽 그 모습만 유지하는 걸까요? 4차원이라는 축복의 나라에서 우리는 5차원의 문턱 앞을 서성거릴 뿐 그 안으로 들어가지는 않을까요? 오, 천만에요! 육체가 올라갈수록 우리의 야망도 함께 올라간다고 봐야 해요. 그러므로 우리의 지적인 공격에 굴복해 6차원의 문이 활짝 열리고, 그다음 7차원, 8차원 …… 그렇게 더 높은 차원의 문이 열릴 것이라고요.

얼마나 오랫동안 이야기를 했을까요. 구는 공연히 고함을 치며 이제 그만 입을 다물라는 명령을 되풀이했고, 당장 멈추지 않으면 벌을 내리겠노라고 위협했어요. 하지만 제 가슴 벅찬 열망의 물결은 그 무엇도 막을 수 없었답니다. 그래요, 힐책을 받을 만도 했을 테죠. 정말이지 저는 그가 직접 건넨 진실의 술에 잔뜩 취해 있었으니까요. 하지만 이제 끝이 머지않았어요. 외부에서 요란한 굉음이 들렸고 동시에 제 내부에서도 쿵 하고 무언가 추락하는 소리가 들려, 돌연 저는 말을 멈추어야 했습니다. 더 이상 이야기를 계속할 수 없을 만큼 빠른 속도로 공간을 빠져나가고 있었던 겁니다. 아래로! 아래로! 아래로! 빠르게 내려가고 있었어요. 그리고 결국 플랫랜드로 돌아가는 것이 제 운명임을 깨달았지요. 따분하기 짝이 없는 황

무지, 이제 다시 나의 우주가 될 황무지의 전경이 마지막으로 얼핏, 결코 잊지 못할 모습으로 제 눈앞에 펼쳐졌습니다. 그러고는 이내 사방이 어두워지더군요. 그리고 마지막으로 모든 것을 완성하는 천둥소리가 이 여행의 끝을 장식했죠. 정신을 차렸을 때, 저는 다시 느릿느릿 기어 다니는 평범한 사각형이 되어 집안 서재에 앉아 있었습니다. 저에게 다가오는 아내의 평화의 소리를 들으면서 말입니다.

20
구가 환영 속에서 나를 격려하다

◇

생각할 시간이라곤 1분도 채 없었지만, 아내에게 지금까지의 경험을 숨겨야 한다는 걸 일종의 본능으로 느꼈어요. 아내가 제 비밀을 누설하여 행여나 위험이 닥칠까봐 두려웠던 건 아니었어요. 그보다 플랫랜드 여자들은 제 모험담을 결코 이해하지 못하리라는 걸 알았기 때문이죠. 그래서 저는 지하실로 내려가는 문에서 실수로 굴러 떨어져 한참 실신해 있었다고 둘러대 아내를 안심시키려 했습니다.

우리 나라에서는 남쪽으로 끌어당기는 힘이 아주 미미해서 여자들조차 제 말을 거의, 눈곱만큼도 믿지 않을 게 분명했어요. 그런데 보통 여자들보다 훨씬 분별력이 뛰어난 아내는 제가 유난히 흥분해 있다는 걸 눈치 채고는 이 문제로 저하고 왈가왈부하는 대신, 아플 테니 그만 쉬는 게 좋겠다고 말하더군요. 저는 방에 들어가 그동안 저에게 일어난 일을 조용히 생각할 구실이 생겨 좋았죠. 마침내 혼자 있게 되자 졸음이 쏟아졌어요. 하지만 눈을 감기 전에 3차원 세계를 떠올려보려 했습니다. 특히 사각형이 움직여 정육면체가 만들어지는 과정을 재현해보고 싶었어요. 바라는 만큼 선명하게 기억나지는 않았지만 "북쪽이 아니라 위로" 이동해야 한다는 말이 떠올랐고, 의미를 분명하게 파악한다면 틀림없이 저를 해결의 길로 이끌어줄 단서로 이 말을 마음 깊이 간직하기로 결심했습니다. 그래서 "북쪽이 아니라 위로"라는 말을 마치 주문처럼 기계적으로 반복하면서 깊은 단잠에 빠져들었지요.

자는 동안 꿈을 꾸었습니다. 저는 구의 곁에 있었어요. 구의 몸에서 광채가 나는 것으로 보아 저에 대한 노여움이 완전히 사라지고 무척 너그러워진 것 같았죠. 제 스승은 저에게 밝지만 아주 작은 한 점을 가리켰고, 우리는 함께 그곳으로 이동하고 있었어요. 우리가 다가가자, 당신들 스페이스랜드의 청파리가 내는 소리와도 같은 윙윙거리는 소리가 아주 조그맣게 들리는 듯했어요. 울림이 아주 약하고 소리도 어찌나 작던지 우리가 날아오르는 진공 상태의 완벽한 정적에서조차 거의 들리지 않을 정도였답니다. 하지만 마침내 소리에서 얼마간 떨어진 위치에서 비행을 멈추었을 때, 스무 발자국 아래에서 무언가를 발견했어요.

"저쪽을 보십시오." 제 안내자가 말했어요. "당신은 플랫랜드에서 살고 있고 라인랜드의 환영을 보았으며, 저와 함께 스페이스랜드까지 올라왔습니다. 이제 당신의 다양한 경험을 완성하기 위해 저는 당신을 데리고 존재의 가장 낮은 곳, 차원이 없는 심연인 포인트랜드의 영역까지 내려가겠습니다."

"저기 비참한 존재들을 좀 보십시오. 점은 우리와 같은 존재지만 무차원의 만灣에 갇혀 있습니다. 점은 그 자신이 자신의 세계이고 자신의 우주예요. 자신 외에 다른 존재에 대해서는 개념조차 없지요. 길이니 너비니 높이를 경험해본 적이 없기 때문에 그것이 뭔지 모릅니다. 둘이라는 숫자에 대한 이해가 전혀 없고, 복수에 대해서는 생각해본 적도 없어요. 실제로는 아무것도 아닌 존재지만 자신이 하나이며 전부이기 때문이지요. 하지만 그의 완벽한 자기만족에 주목한 결과, 이런 교훈을 얻었습니다. 자기만족은 비천하고 무지한 것이며, 열망을 갖는 것은 맹목적이고 무력한 만족보다 낫다는 교훈 말입니다. 자, 들어보세요."

그는 잠시 말을 멈추었어요. 그때 윙윙거리는 작은 생명체로부터 작고 낮고 단조롭지만 또렷하게 짤랑거리는 소리가 들렸어요. 마치 당신들 스페이스랜드의 축음기에서 나는 소리 같은 그 소리에서 저는 이런 말을 들었습니다. "존재의 무한한 지복이여! 그것이 존재하며, 그것 외에 아무것도 없도다."

"저 미미한 존재가 말하는 '그것'이란 무엇입니까?" 제가 물었어요. "자기 자신을 말합니다." 구가 대답했어요. "혹시 자신과 세계를 구분하지 못하는 아기들이나 아기 같은 사람들이 자기 자신에 대해 3인칭으로 말하는 걸 들어본 적 없으십니까? 앗, 잠깐만요, 쉿!"

"그것은 모든 공간을 채운다." 작은 존재는 독백을 계속했어요. "그것이 채우는 것은 그것. 그것이 생각하는 것을 그것이 말하고, 그것이 말하는 것을 그것이 듣는다. 그것은 스스로 생각하는 자이고 말하는 자이며 듣는 자이고, 생각이며 단어이고 청취다. 그것은 하나이면서 동시에 모든 것 안의 모든 것. 아, 행복이여, 아, 존재의 행복이여!"

"선생님께서 이 미미한 존재를 깜짝 놀라게 해, 자족감에서 벗어나게 하면 안 될까요?" 제가 물었어요. "저에게 말씀하셨던 것처럼 그것의 실체를 알려주세요. 포인트랜드의 좁은 한계를 보여주시고 더 높은 곳으로 이끌어주세요." "쉬운 일이 아닙니다." 스승이 말했어요. "당신이 한번 해보시겠어요?"

그래서 저는 최대한 목소리를 높여 점에게 다음과 같이 말을 건넸습니다.

"비루한 존재여, 정숙하시오, 정숙. 당신은 자신을 모든 것 가운데 모든 것이라고 말하지만, 사실 당신은 아무것도 아니오. 당신이 말하는 우주라는 것은 선 위의 흔적에 불과하고, 선은 또 다른 차원에 비하면 그림자에 불과하며 ……." "쉿, 조용. 이제 그만하면 됐습니다." 구가 제 말을 가로막았어요. "이제 잘 들어보세요, 당신의 열변이 포인트랜드의 왕에게 효과가 있는지."

제 말을 듣고도 왕의 광채가 그 어느 때보다 환하게 빛나는 걸 보니, 왕은 여전히 자족감을 잃지 않은 것이 분명했습니다. 아니나 다를까, 제 말이 끝나기가 무섭게 왕의 연설은 계속되었지요. "오, 기쁨이여, 아, 생각의 기쁨이여! 생각으로 구하지 못할 것이 무엇인가! 그것의 생각은 곧 그 자신이 되며, 그것의 비하를 연상시킴으로써 행복을 더욱 드높이나니! 오, 승리를 위한 달콤한 반란이여! 오, 하나이자 모든 것의 신성한 창조력이여! 아, 기쁨이여, 존재의 기쁨이여!"

"이제 아시겠습니까?" 스승이 말했어요. "당신이 아무리 설득해 봤자 씨알도 먹히지 않아요. 설사 왕이 당신이 한 말을 이해했다 하더라도 자기 식대로 받아들일 것입니다. 자기 말고 다른 존재는 생각조차 할 수 없으니까요. 그러고는 자신이 창조력의 모범으로서 다양한 '생각'을 할 줄 안다며 우쭐대지요. 포인트랜드의 신이 무지로 인한 무소부재無所不在와 무소부지無所不知의 열매를 누리게 내버려둡시다. 당신이나 내가 아무리 애쓴들 자기만족에 빠진 그를 구할 수는 없어요."

이제 우리는 사뿐히 공중 위를 떠올라 다시 플랫랜드로 돌아왔습니다. 그리고 제 동행은 제가 본 환영의 도덕적 의미를 부드러운 목소리로 설명했어요. 저에게 더 큰 차원을 열망하도록 격려했고, 다른 사람들이 더 큰 차원을 갈망할 수 있도록 그들을 가르치라고 촉구했죠. 그리고 3차원 이상의 더 높은 차원으로 비상하려는 제 야망에 처음에는 화가 났었노라고 고백하더군요. 하지만 이후 새로운 통찰력을 얻었고, 이제는 제자에게 실수를 인정할 수 있을 만큼 오만에서 벗어나게 되었다고 말했어요. 한편 입체들의 이동에 의해 초입체extra-solids를 구성하는 방법, 초입체의 이동에 의해 이중 초입체double extra-soldis를 구성하는 방법을 "정확히 유추에 따라서" 그리고 여자들도 분명하게 이해할 수 있을 정도로 아주 단순하고 매우 쉬운 방법으로 알려주더군요. 그러면서 제가 목격한 것보다 훨씬 높은 차원의 신비로운 사실들에 대해 가르쳐주었죠.

21
손자에게 3차원 이론을 가르치려 했으며
모종의 성과를 거두다

저는 몹시 기쁜 나머지 잠을 이룰 수가 없었어요. 그래서 제 앞에 펼쳐진 영광스러운 삶에 대해 생각하기 시작했지요. 당장 길을 떠나 플랫랜드의 모든 국민들에게 전도를 하고 싶었어요. 여자와 군인들에게도 3차원 복음을 선포하리라, 아내와 함께 이 일을 시작하리라 마음먹었습니다.

어떻게 활동할지 계획을 마쳤을 때, 거리에서 정숙하라고 지시하는 목소리들이 들렸어요. 그리고 곧이어 더 큰 목소리가 들렸습니다. 전령사의 포고 내용이었어요. 귀를 기울여 들어보니, 다른 세계의 계시를 받았다고 공언하고 사람들을 현혹시켜 정신을 혼란케 하는 사람에게는 체포, 감금, 사형을 명한다는 의회의 결정문이었습니다.

　저는 곰곰이 생각해봤죠. 아무래도 위험이 만만치 않을 것 같더
군요. 그래서 계시에 대해서는 일체 언급하지 않고, 논증을 펼쳐 위
험을 피하는 편이 좋을 것 같았습니다. 어쨌든 이 방법은 매우 단순
하고 확실해서, 계시에 대해 언급하지 않더라도 원하는 것을 충분
히 전달할 수 있을 테니까요. "북쪽이 아니라 위로." 이 말은 모든 것
을 입증하는 단서였어요. 이렇게 생각하고 나니 잠들기 전보다 훨
씬 분명해진 것 같았어요. 꿈에서 막 깨어 처음 눈을 떴을 땐 모든
상황이 산수처럼 명확해 보였죠. 어쩐지 지금은 썩 분명하게 느껴
지지 않지만요. 마침 그때 아내가 방에 들어왔는데, 저는 몇 마디 일
상적인 대화를 주고받은 뒤, 아내와는 이 일을 시작하지 않기로 결
심했습니다.

　오각형 아들들은 인격과 지위를 갖춘 남자들이고 의사로서 평판
도 나쁘지 않았지만, 수학 실력이 썩 훌륭하지 않아 그런 점에서 제
목적에 맞지 않았어요. 바로 그때, 어리고 온순한 데다 수학에 재능
도 있는 육각형이라면 제자로 가장 적임일 거라는 생각이 들었어
요. 그래서 어리지만 조숙한 손자를 대상으로 당장 첫 번째 실험을
시작했습니다. 녀석이 3^3의 의미에 대해 무심코 했던 말이 구의 지
지를 얻기도 했으니까요. 게다가 어린 소년에 불과한 손자와 이 문
제를 상의하는 것이 무엇보다 안전할 것 같았죠. 손자는 의회가 선

포한 내용에 대해 전혀 아는 바가 없을 테니까요. 반면에 제가 3차원의 불온한 이단 신앙을 진지하게 믿고 있다는 걸 아들들이 알게 될 경우, 의회에 저를 넘기지 않을 거라고 확신할 수가 없었습니다. 이 아이들의 애국심과 동그라미를 향한 존경심은 단순히 맹목적인 애정을 넘어서서 굉장히 깊으니까요.

그러나 어떻게든 아내의 호기심을 만족시키는 것이 급선무였어요. 당연히 아내는 동그라미가 왜 그처럼 수수께끼 같은 대화를 하려 했는지, 어떻게 집안으로 들어올 수 있었는지 알고 싶어 했지요. 저는 아내에게 자세히 설명을 해주었습니다. 하지만 뭐라고 설명했는지는 굳이 말씀드리지 않겠어요. 스페이스랜드 독자들의 기대와 달리 제 설명이 사실과 정확히 일치하지 않았을까봐 두렵기 때문이죠. 다만, 아내를 설득하는 데 성공해, 아내가 3차원 세계에 대해 더 이상 캐묻지 않고 조용히 가정의 의무에 관심을 돌리게 되었다고 말할 수 있는 것으로 만족하고 싶군요. 아내와 이야기를 마친 뒤 저는 곧바로 손자를 불렀어요. 솔직히 고백하면 제가 보고 들은 모든 것들이 마치 아련하고 안타까운 꿈속의 이미지처럼 이상한 방식으로 빠져나가는 느낌이 들어, 첫 번째 제자를 만드는 데 제 기량을 시험해보고 싶은 마음이 간절했습니다.

손자가 방으로 들어오자 저는 조심스럽게 방문을 잠갔어요. 그러고는 손자 곁에 앉아 우리의 수학 서판들(즉, 여러분이 여러 개의 선들이라고 부르는 것)을 꺼낸 다음, 어제 했던 수업을 계속하자고 말했습니다. 저는 1차원에서 점을 움직여 선을 만들고, 2차원에서 직선을 움직여 사각형을 만드는 방식에 대해 다시 한 번 설명했어요. 설명을 마친 뒤 억지로 웃어 보이며 이렇게 말을 이었지요. "요 녀석, 지난번에 넌 사각형을 '북쪽이 아니라 위로' 이동하는 식으로 3차원 안에서 다른 도형을, 일종의 특별한 사각형을 만들 수 있다면서 이 할애비를 설득하려 했겠다. 우리 장난꾸러기 도련님, 네 주장을 다시 펼쳐보지 않겠니?"

그때 거리에서 전령사가 또다시 "들으시오! 들으시오!"라고 외치며 의회의 결의안을 선포하는 소리가 들렸습니다. 비록 제 손자가 어리긴 해도 그 나이치고 비상하게 똑똑한데다 동그라미의 권위를 철저하게 숭배하며 자랐기 때문에, 손자는 이 상황을 예리하게 파악하고 있었어요. 저는 손자의 이런 반응을 미처 예상하지 못했고요. 손자는 결의안의 마지막 내용이 멀어질 때까지 줄곧 침묵을 지키더니 별안간 왈칵 눈물을 터뜨리는 게 아니겠어요? "할아버지." 손자가 말했습니다. "그건 그냥 재미로 말한 거였어요. 절대로 아무 뜻 없이 말한 거란 말이에요. 그때 우린 새 법에 대해 아무것도 몰랐잖아요. 그리고 전 3차원에 대해서는 아무 말도 하지 않았을 걸요. 맞아요, 저는 '북쪽이 아니라 위로' 같은 말은 한 마디도 하지 않았어요. 할아버지도 아시다시피 그건 터무니없는 말이니까요. 어떻게 사물이 북쪽이 아닌 위로 움직일 수 있겠어요? 북쪽이 아닌 위로 움직이다니요! 제가 아무리 어리지만 그렇게 어리석지는 않아요. 그건 너무 바보 같은 생각이잖아요! 하!하!하!"

"바보 같다니, 뭐가 바보 같다는 거냐." 저는 버럭 화를 내며 말했습니다. "이 사각형을 예로 들어보겠다." 저는 말이 떨어지기가 무섭게, 이동이 가능한 사각형 하나를 손에 쥔 다음 가까이에 내려놓으며 말했어요. "이제 이것을 움직여 보이마. 그러니까, 북쪽이 아니라, 그래, 위로 움직일 거다. 무슨 말이냐 하면, 북쪽이 아닌 다른 곳으로 움직이겠다는 거지. 아니 그게 아니라, 그러니까 ......" 이제 저는 사각형을 무의미하게 흔들어 보이며 알맹이 없는 결론으로 말을 마쳤습니다. 그러자 손자는 뭐가 그렇게 우스운지 여느 때보다 큰소리로 웃어댔고, 제가 자기를 가르친 것이 아니라 그저 농담을 했을 뿐이라며 딱 잘라 말하더군요. 손자는 그렇게 말하면서 문을 열고 방을 뛰쳐나갔어요. 제자를 3차원 복음으로 개종시키려 한 저의 첫 번째 시도는 그렇게 끝이 나버렸죠.

22

다른 방법으로 3차원 이론을 확산시키기 위해
노력했으며 그 결과가 나타나다

◇

    손자를 상대로 한 시도가 실패로 끝나자 제 비밀을 다른 식구들에게 알릴 자신이 없어졌습니다. 하지만 그 일로 성공을 아주 단념한 건 아니었어요. 다만 "북쪽이 아니라 위로"라는 구호에만 전적으로 매달릴 게 아니라, 사람들 앞에서 전반적인 주제에 대해 분명하게 의견을 개진함으로써 직접 증명해 보여야 한다는 걸 깨달았습니다. 그러려면 글쓰기에 매달릴 필요가 있을 것 같았어요.

    그리하여 저는 여러 달 동안 칩거하면서 3차원 신비에 대한 논문 작성에 몰두했습니다. 그리고 가능한 법망을 피할 셈으로 물리적인 차원이 아닌 생각의 나라에 대해 이야기했어요. 그 나라에서는 이론상 도형이 플랫랜드를 내려다보는 동시에 모든 존재의 내부를 들어다볼 수 있었어요. 그리고 이를테면 여섯 개의 사각형으로 둘러싸이고 여덟 개의 끝점을 포함하는 도형이 존재하는 것으로 가정하는 것이 가능했지요. 그런데 책을 쓰다 보니, 아뿔싸, 안타깝게도 목적에 부합되는 도해를 그리기가 불가능하다는 문제점을 발견했어요. 그도 그럴 것이 당연히 우리의 플랫랜드에서는 선 이외에 평판平板이나 도해가 있을 수 없었고, 모든 것은 직선으로 드러나며 오직 크기와 밝기로만 차이가 구별될 뿐이니 말입니다. 따라서 논문을 완성했을 때 과연 많은 사람들이 제 글을 이해할 수 있을지 확신이 서지 않았습니다. 논문의 제목은 바로 이것이었어요. "플랫랜드를 통해 생각의 나라로."

그러는 동안 제 삶은 근심이 드리워져 갔어요. 모든 즐거운 일들이 따분하게 느껴졌습니다. 눈에 보이는 모든 것에 감질이 나, 내가 반역죄를 지었노라고 큰소리로 외치고 싶은 심정이었죠. 2차원에서 보는 모든 것들이 3차원에서는 실제로 어떻게 보일지 비교하지 않을 수 없었고, 그렇게 비교한 내용을 소리 내어 말하고 싶은 충동을 도무지 억제하기가 힘들었으니까요. 언젠가 한번 목격했을 뿐 누구에게도 전할 수 없는 신비를 묵상하느라 의뢰인과 제 업무에 소홀해졌고, 마음의 눈으로도 그 신비를 재현하기가 날로 어려워지고 있다는 걸 알았습니다.

스페이스랜드에서 돌아온 지 11개월쯤 지난 어느 날, 저는 눈을 감고 정육면체를 떠올리려 했지만 잘 되지 않았어요. 나중에 무사히 떠올리긴 했지만, 제가 처음부터 정확한 원본을 인식하고 있었는지에 대해서는 별로 확신이 들지 않더군요(이후로 죽 그런 상태입니다). 그 바람에 저는 어느 때보다 우울해져서 뭔가 방법을 취해야겠다고 결심했어요. 하지만 딱히 어떤 방법을 취해야 할지는 알 수 없었지요. 제가 품은 대의에 대해 사람들에게 확신을 줄 수만 있다면 그것을 위해 기꺼이 목숨이라도 바칠 수 있을 것 같았습니다. 그렇지만 손자조차 설득시키지 못한 마당에 이 나라에서 가장 신분이 높고 가장 교육을 잘 받은 동그라미들을 무슨 수로 설득시킬 수 있겠어요?

그러다가도 어느 땐 지나치게 용기가 샘솟아 겁도 없이 위험한 발언을 내뱉기도 했답니다. 이미 저는 반역자까지는 아니어도 이단으로 간주되었고, 제 신분이 위태롭다는 걸 절실하게 깨달았어요. 그런데도 이따금 다각형과 동그라미들로 이루어진 최상류층 모임에서조차 의심스러운 발언, 반쯤 선동적인 발언이 불쑥불쑥 튀어나오는 걸 억제하지 못하겠더군요. 예를 들어, 사물의 내부를 볼 수 있는 능력을 받았다고 떠들어대는 미치광이들을 어떻게 다루어야 하는가 하는 문제가 제기되었을 때, 저는 예언자들과 신의 계시를 받은 사람들은 언제나 대중에게 미치광이로 취급받았다는, 고대의 어느 동그라미가 한 말을 인용하곤 했어요. 그런가 하면 이따금씩 "사물의 내부를 알아보는 눈"이라든지 "모든 것을 볼 수 있는 세계" 같은 표현들이 저도 모르게 툭툭 튀어나왔고, 한두 번인가는 "3차원과

4차원"이라는 금기어를 무심코 흘리기까지 했습니다. 그러던 어느 날, 이렇게 계속되는 사소한 과오에 마침표를 찍는 날이 오고야 말았습니다. 어느 대저택에서 열린 지역 사색가협회 모임에서였죠. 그 자리에서 아주 명청한 어떤 인간이 신의 섭리에 의해 차원의 수가 2차원으로 제한된 이유와, 모든 것을 볼 수 있는 능력이 오직 절대자에게만 주어진 이유에 대해 정확하게 밝혀냈다는 복잡한 논문을 읽고 있었어요. 논문의 내용을 듣고 있던 저는 완전히 이성을 잃고는 저에게 일어난 모든 일을 낱낱이 설명하고야 말았어요. 구와 함께 스페이스로, 대도시의 의회의사당으로, 다시 스페이스로 여행한 일, 다시 집으로 돌아오게 된 과정 등 모든 것을요. 사실과 환영 속에서 보고 들은 모든 내용을 이야기했어요. 솔직히 처음엔 허구의 인물이 지어낸 상상 속의 경험을 설명하는 척했답니다. 하지만 이내 열정을 이기지 못하고 모든 허위를 떨쳐버려야 했고, 급기야 열변을 토하며 연설을 마무리하면서 청중들에게 이제 그만 편견에서 벗어나 3차원을 믿어야 한다고 촉구하기까지 했습니다.

그래요, 제가 즉시 체포되어 의회로 끌려갔다는 말은 굳이 하지 않아도 아시겠지요.

다음 날 아침, 저는 불과 몇 달 전 구와 함께 서 있던 바로 그 장소에 서서, 더 이상 아무런 심문도 방해도 받지 않고 제 이야기를 시작하고 계속하도록 허락을 받았습니다. 하지만 저는 처음부터 제 운명을 알고 있었어요. 의회 의장은 배치된 경호원단이 경찰들 가운데 각이 55°, 아니면 그보다 약간 작은 출중한 이들로 구성되었다는 사실을 알아보고, 제가 변론을 시작하기 전에 그들을 2°나 3°의 하급 경찰들과 교대하도록 지시했기 때문이죠. 저는 그 지시의 의미를 너무나 잘 알고 있었어요. 그것은 제가 곧 사형이나 투옥될 예정이며, 제 이야기를 들은 관리들이 제거되고 그와 동시에 제 이야기는 세상으로부터 영원히 비밀로 남게 되리라는 의미였습니다. 그러니 이런 경우 의장은 값비싼 경찰들 대신 저렴한 경찰들이 희생되길 바랐던 거죠.

제가 변론을 마치자, 의장은 젊은 동그라미들 가운데 일부가 제 명백한 진심에 감동받은 걸 감지했는지 저에게 두 가지 질문을 던졌습니다.

1. 그대는 "북쪽이 아닌 위로"라는 말을 했는데, 그대가 의미하는 방향을 가리킬 수 있는가?
2. 그대가 기꺼이 정육면체라고 부르는 도형을, 가상의 변과 각을 나열하는 것이 아니라 도해나 묘사를 통해 나타낼 수 있는가?

저는 더 이상은 말할 수 없으며, 오로지 진리를 위해 헌신해야 할 뿐이고 결국 그 대의는 반드시 승리할 거라고 분명하게 단언했습니다.

의장은 제 감정에 깊이 공감하며 제가 최선을 다했다고 말하더군요. 저는 종신형에 처해질 것이 틀림없었죠. 하지만 제가 감옥에서 나와 세상에 복음을 전파하는 것이 진리가 의도하는 바라면, 진리는 반드시 그러한 결과를 만들어낼 겁니다. 그동안 저는 탈출을 감행해야 할 만큼 불필요한 불편은 겪지 않을 터이고, 잘못된 행동으로 특권을 박탈당하지 않는 한 이따금 저보다 먼저 감옥에 들어온 제 남동생을 볼 수 있도록 허용될 거예요.

그렇게 7년의 시간이 흘렀고 저는 아직 감옥에 있습니다. 그리고 가끔씩 남동생을 면회하는 걸 제외하면 제 교도관 외에 어느 누구와도 만나서는 안 되도록 금지되어 있지요. 남동생은 사각형들 가운데 가장 뛰어난 사람이에요. 정의롭고 분별 있고 쾌활하며 우애도 없지 않지요. 하지만 고백컨대, 일주일에 한 번씩 남동생을 면회할 때마다 최소한 한 가지 면에서 몹시 쓰라린 고통을 느끼지 않을 수 없습니다. 구가 의회장에 모습을 나타냈을 때 남동생도 그 자리에 있었어요. 그는 구의 단면이 변하는 모습을 보았고, 당시 동그라미들 앞에 나타난 현상에 대해 설명도 들었지요. 그리고 이후 꼬박 7년 동안 일주일에 한 번씩 거의 한 번도 빠짐없이 제 설명을 반복해서 들었고요. 저는 구가 모습을 드러내던 당시 제가 어떤 역할을 했는지 말해주었고, 스페이스랜드에서 일어나는 모든 현상에 대해 충분히 설명했으며, 유추를 통해 추론 가능한 입체들의 존재에 대해 논증을 하고 또 했습니다. 그런데도 (참으로 부끄럽지만 고백하지 않을 수 없군요) 남동생은 3차원의 본질을 전혀 이해하지 못했고, 아예 구의 존재를 믿지 않는다고 노골적으로 선언해버리더군요.

이렇게 저는 단 한 사람도 개종시키지 못했어요. 아무래도 새 천년의 계시는 저에게 공연한 일이 되어버린 것 같습니다. 저 위 스페이스랜드의 프로메테우스는 인간들을 위해 불을 가지고 내려오느라 결박을 당했지만, 플랫랜드의 처량한 프로메테우스인 저는 동포들에게 아무것도 가져다주지 못한 채 여기 감옥에 누워 지내는 신세가 됐네요. 하지만 어쩐지 저는 이 회고록이 어떤 방식으로든 다른 차원에 살고 있는 인류의 생각 속으로 찾아 들어가, 제한된 차원에 틀어박혀 있길 거부하는 반역자들의 마음을 뒤흔들 것만 같은 희망을 품고 살아간답니다.

그렇지만 이런 희망도 긍정적인 순간에나 가능하지요. 그래요, 안타깝게도 언제나 희망을 갖는 건 아니에요. 때때로 괴로운 생각에 마음이 무거워지거든요. 딱 한 번 본 정육면체를 종종 아쉬움 속에 떠올리면서 정확한 모양을 확신할 수 있노라고 솔직하게 말할 수 없으니 말입니다. 또한 밤마다 환영 속에서 떠오르는 수수께끼 같은 계율, "북쪽이 아니라 위로"는 마치 영혼을 빨아들이는 스핑크스처럼 제 뇌리를 떠나지 않습니다. 정육면체와 구는 거의 불가능한 존재들의 뒤편으로 급히 달아나고, 3차원 세계는 1차원이나 무차원의 세계처럼 한낱 환상으로 여겨질 때가 있죠. 저에게 자유를 박탈한 이 단단한 벽과 제가 글을 쓰고 있는 이 평평한 서판들과 플 랫랜드의 모든 견고한 현실들조차 병든 상상력의 결실이거나 근거 없는 꿈의 구조와 다를 바 없다는 생각이 들 때가 있어요. 이렇게 정 신이 나약해지는 시기는 진리라는 대의를 위해 견뎌야 할 순교의 일부일 겁니다.

부록 1.《애서니엄》에 실린 비평들

《애서니엄》 2977호(1884년 11월 15일, 622)[4]

어느 사각형이 쓴 기발한 책《플랫랜드》에는 발견하기 쉽지 않겠지만 나름의 목적이 있는 것 같다. 첫째, 이 책은 청소년들에게 기하학의 기본 원리를 가르치기 위해 만들어진 것 같다. 둘째, 선험과학 중에서도 더 선험적인 분야를 옹호하기 위해 쓰인 것 같다. 끝으로, 심령론의 교리를 역설하려는 암시들을 볼 수 있는 한편, 다양한 사회 정치 이론들에 관한 은밀한 풍자도 섞여 있는 것 같다. 이 책의 전반적인 요지는 모든 일이 평면에서 일어나고 그 결과 2차원 외에 어떠한 세계도 상상할 수 없는 세계에서 나고 자란 사각형 형태의 어떤 존재가 일종의 계시에 의해 3차원 세계를 알게 된다는 이야기다. 이 사각형은 이전에 1차원 세계에서의 존재 조건을 연구하는 꿈을 꾼 적이 있다. 이 세계에서는 모든 것이 선이나 점이며, 아무도 다른 사람을 통과시킬 수 없다. 이런 식의 구상을 생각해낸 방식은

---

4 《애서니엄》은 영국에서 1828년부터 1921년까지 발행된 주간 문예평론지다. 전집은 시티 대학교(런던)에 소장되어 있다 - 편집자 주.

제법 독창적이지만, 눈에 보이는 대상으로 점과 선을 구상한 것은 수학적 사고방식에 다소 해가 될 수 있다. 사실상 불가피한 설정이었겠지만 말이다. 물론, 우리 친구 사각형과 그의 다각형 친척들이 서로의 언저리를 볼 수 있었다면 그들은 틀림없이 어느 정도 두께를 지니고 있다는 것이고, 그렇다면 3차원 교리에 그토록 당황할 필요가 없었을 것이다. n차원의 어떤 존재에게 n+1차원의 누군가가 말을 걸자 그 존재가 자기 내부에서 울리는 소리를 듣고 있다고 상상한다는 아이디어는 꽤나 기이하다고 할 수 있다. 하지만 당연히 그 소리는 사실들과 엄격하게 조화를 이루고 있고, 아마도 4차원의 세계에서처럼 막힌 끈고리로 매듭을 묶을 수 있는 영역에 있는 경우 누구나 느낄 법한 상황을 나타낼 것이다. 구가 사각형의 집 대문이나 지붕을 열지 않고도 그의 집 안에 무엇이 있는지 정확하게 말했을 때 우리의 사각형이 기절할 정도로 놀란 것처럼, 우리 역시 이런 재주를 목격하게 된다면 틀림없이 깜짝 놀랄 것이다. 그리고 다시 돌아와 그 일에 관해 말한다면, 이 역사의 불행한 서술자와 똑같은 일을 겪게 될지 모른다.

《애서니엄》 2978호(1884년 11월 22일, 660)

문학계의 소문에 따르면, 지난 주 우리가 주목한 짧고도 흥미로운 책 《플랫랜드》의 저자는 유명한 학교의 교장이라고 한다.

《애서니엄》 2980호(1884년 12월 6일, 733)

플랫랜드의 형이상학

플랫랜드 주립 교도소, 1884년 11월 28일

저는 정말이지 글자 그대로 "피곤하고, 진부하고, 따분하고flat, 유
익이라고는 없다"고 말할 수 있는 세계, 즉 2차원의 세계에서 최근
"플랫랜드"라는 제목의 작은 논문에서 설명하고자 노력했던 몇 가
지 특징에 대해 쓰고 있습니다.

《애서니엄》 최근호에서 보여준 제 작품에 대한 관심은 이곳의 지
루하고 뿌연 제 삶에 큰 감동을 주었습니다. 비평을 읽으면서 저는
형이상학적인 질문이라고 해야 할지 심리적인 질문이라고 해야 할
지 모를 한 가지 근사한 질문이 떠올랐는데, 아마 당신의 독자들도
흥미롭게 여기리라 생각합니다.

감히 제가 생각하기에, 당신의 비평가는 악의는 없지만 상당히
경솔한 듯 보입니다. 그는 저의 고국에 대한 제 단순한 묘사를 "독창
적"이라고 칭찬하고, 제 역사에 기록된 사건들이 "기이하긴" 하지만
"정확하게 사실에 근거한다"고 인정하더군요. 그러는 한편 우리는
스스로를 2차원적 존재라고 생각하지만 사실상 3차원적 존재이며
그렇게 알아야 한다고 단언함으로써 은연중에 저와 제 동포들의 지
능에 비난을 가했습니다. 그의 말에 따르면 제 이야기에서 전개되
는 "수학적 사고방식"에 문제가 있다고 합니다. 눈에 보이는 선은

마땅히 길이뿐 아니라 두께도 지니고 있고, 따라서 우리의 이른바 평면 도형은 길이와 너비 외에 사실상 어느 정도의 두께, 즉 높이도 지니고 있기 때문에 우리는 곧 3차원이라는 거지요. 그리고 우리가 이 사실에 대해 무지해서는 안 된다는 걸 은연중에 암시하더군요.

저는 당신의 비평가가 주장하는 사실은 인정하지만 그의 결론은 인정할 수 없습니다. 당신들이 4차원을 지니고 있는 것이 사실인 것처럼, 우리가 실제로 3차원을 지니고 있는 것 또한 의심할 바 없는 사실입니다. 그러나 당신들이 4차원에 속한다는 것을 의식하지 못하는 것처럼, 우리 역시 우리가 3차원에 속한다는 사실을 의식하지 못할 뿐더러 논리적으로 인식하지도 못합니다.

잠시만 생각해보면 이 문제를 분명하게 알 수 있을 겁니다. 차원에는 측정이 수반됩니다. 그런데 우리 선들은 측정이 어려울 정도로 상당히 가늘어요. 또한 측정에는 더 크거나 더 작은 정도가 수반되는데, 우리 선들은 당신이 뭐라고 표현하든 모두 똑같이 극히 얇거나 두꺼워서, 플랫랜드에 사는 우리는 그 얇은 정도를 측정할 수도 없고 심지어 인식조차 하지 못합니다. 당신이 선에 대해 길고 얇은(혹은 가느다란) 존재라고 말한다면, 우리는 길고 밝은 존재라고 말합니다. "두껍다"거나 "얇다"는 개념은 우리의 머릿속에 전혀 들어 있지 않으며, 우리는 그것이 무엇을 의미하는지 모릅니다. 한때 스페이스랜드에 몇 시간 있을 땐 그것이 뭘 말하는 건지 알았지만, 지금은 그것을 인식하지 못해요. 그냥 그렇다고 믿을 뿐이지요. 하기야 이제 나 자신조차 마음속에 이미지가 떠오르지 않는 마당에 제 동포들에게 어떻게 설명을 하겠어요.

제 말이 잘 이해가 안 되시나요? 그렇다면 제 입장이 되어보십시오. 어떤 4차원 존재가 정중히 당신을 찾아와 이렇게 말을 걸었다고 가정해보십시오. "당신들 3차원 존재는 평면(2차원)을 보고 입체(3차원)라고 추론하지만, 실제로 당신들이 평면이라고 부르는 것 안에는 당신들은 모르는 또 다른 종류의 차원이 있습니다"라고 말이지요. 이제 당신은 어떻게 반응하시겠습니까? 당장 경찰을 불러 방문자를 정신병원에 안전하게 가두려 하지 않겠습니까?

제가 당신 같은 비평가들이 주장하는 내용을 입증하려 했을 때 이와 똑같은 취급을 받았습니다. 바로 어제 의장 동그라미(그러니까 고위 성직자)가 제가 있는 감옥에 연례 방문을 왔을 때, 저는 그에게 우리가 보고 있는 주변의 도형들은 길이와 너비뿐 아니라 스페이스랜드 사람들이 "높이"라고 부르는 것, 즉 인식되지 않는 세 번째 차원을 지니고 있다는 것을 증명해보이려 했습니다. 그런데 그가 뭐라고 대꾸했을까요? "차원은 측정을 수반한다. 당신은 내가 '높다'고 말하는데, 그렇다면 나의 '높-음'을 측정해보라. 그럼 당신의 말을 믿겠다"라고 하더군요. 그의 짧은 대꾸에 저는 잔뜩 움츠러들었고, 그는 의기양양해져서 방을 나섰습니다.

저는 보잘 것 없는 정사각형이며, 아마도 정육면체로 짐작되는 비평가 선생의 우월함을 부인하지 않습니다. 그의 수학적인 정확함, 규칙적인 비율에 대해서도 의문을 제기하지 않고요. 스페이스랜드의 말을 빌려, 그가 "규칙적인 정육면체임에 틀림없다"고 기꺼이 인정합니다. 그러나 저는 인간 본성에 대한 그의 지식과 수학에 대한 그의 지식이 같지 않음을 정중하게 말씀드리는 바입니다. 그는 우리가 점이든 선이든 사각형이든 정육면체든 초정육면체든, 차원이 없든 높든 모두 같은 존재임을, 모두가 자기 차원의 편견에 쉽사리 영향을 받고 잘못을 저지르는 같은 형제임을 잊은 것 같습니다. 당신 나라의 시인 한 사람도 "자연의 손길 한 번으로 모든 세계가 유사해진다"고 노래했듯이 말이지요. 여기서 세계는 오직 하나가 아닌 모든 세계, 3차원도 예외가 아닌 모든 세계를 의미하지요. 그리고 제가 신념을 갖고 확고하게 이해하는 진리, 다른 이들의 마음에 심어주기 위해 매일같이 노력하는 진리에 대해 무지해 보인다는 이유로, 아무리 부드러운 비난이지만 비난을 받아야 한다는 것은 정말이지 몹시 불쾌한 일임을 말씀드려야겠습니다.

사각형 올림.

부록 2. 1884년 개정판 편집자 서문

플랫랜드의 불쌍한 내 친구가 이 회고록을 쓰기 시작할 때처럼 여전히 정신력이 강하다면, 나는 굳이 그를 대신해 이 서문을 쓸 필요가 없었을 것이다. 원래 그는 직접 서문을 통해 예상보다 빨리 재판이 나올 수 있도록 큰 관심을 보여준 독자와 비평가들에게 감사를 전하고 싶어 했다. 그리고 비록 모두 그의 책임은 아니지만 이 책의 몇 가지 실수와 오자에 대해 사과하고자 했으며, 한두 가지 오해에 대해서도 설명하고 싶어 했다. 하지만 이제 그는 더 이상 예전의 사각형이 아니다. 수년 간 감옥에 갇혀 지냈고, 사람들의 불신과 조롱으로 고통스런 나날을 보냈기 때문이다. 여기에 노화로 몸도 마음도 자연스레 쇠약해지다 보니 많은 생각과 견해는 물론이고 스페이스랜드에서의 짧은 체류 기간 동안 익힌 여러 용어들도 머릿속에서 거의 지워졌다. 이런 이유로 그는 내가 특별히 두 가지 비판에 대해 자신을 대신하여 답해주길 부탁했는데, 그 비판이란 도덕적 측면과 지적인 측면에 대한 것이다.

첫 번째 비판은 이렇다. 플랫랜드 사람들은 하나의 직선을 볼 때 틀림없이 길이뿐 아니라 두께도 있는 모습으로 보게 된다는 것이다. 어느 정도 두께를 지니지 않았다면 눈에 보이지 않을 테니 말이다. 따라서 이 나라 사람들은 모두 길이와 넓이뿐 아니라, 비록 극히 미미한 정도지만 두께나 높이가 있음을 인정해야 한다는 것이다. 이 비판은 꽤나 그럴 듯하고 스페이스랜드 사람들이 생각하기에도 거의 부인할 수 없을 정도라, 처음에 들었을 땐 고백컨대 뭐라고 답을 해야 할지 알 수가 없었다. 하지만 딱한 내 오랜 친구의 말이 이 비판의 완벽한 답이 될 것으로 보인다.

내가 이 비판에 대해 언급했을 때 그는 이렇게 말했다. "나는 비평가들이 주장하는 사실이 옳다고 인정하지만 결론은 인정할 수가 없습니다. 플랫랜드에는 실제로 우리가 인식하지 못하지만 '높이'라고 부르는 세 번째 차원이 존재한다는 말은 사실입니다. 스페이스랜드에서 당신들이 인식하지 못하지만 실제로 네 번째 차원이 존재하는 것이 사실인 것처럼 말입니다. 지금은 그것에 이름이 없으니 '추가적인 높이extra-hight'라고 부르겠습니다. 하지만 당신들이 '추가적인 높이'를 인식하지 못하는 것처럼 우리는 '높이'를 인식하지 못합니다. 심지어 스페이스랜드에 가봤고 스물네 시간 동안 '높이'의 의미를 이해하는 특권도 누려봤던 저 역시 지금은 그것을 이해하지도 인식하지도 못합니다. 시각이든 추론이든 그 어떤 방법으로도 알 수가 없더군요. 그저 신념을 통해 파악하고 있을 뿐이지요.

이유는 분명합니다. 차원에는 방향, 치수, 많고 적음이 포함됩니다. 그런데 보십시오. 우리 선들은 모두 동일하게, 원하신다면 높이라고 부를 수도 있을 극히 미미한 수치의 두께를 지니고 있습니다. 그러므로 선에는 우리가 차원이라는 개념을 갖게 할 만한 어떠한 요소도 없죠. 스페이스랜드의 어떤 성미 급한 비평가가 '정교한 마이크로미터'라는 개념을 제시하기도 했던데, 그런 건 우리에게 전혀 도움이 되지 않습니다. 우리는 무엇을, 또 어느 방향을 측정해야 할지 모르니까요. 선을 볼 때, 우리는 길고 밝은 어떤 것을 봅니다. 길이뿐 아니라 밝기는 선의 존재에 필요한 요소지요. 밝기가 사라지면 선은 사라집니다. 그래서 제가 플랫랜드의 친구들에게 하나의 선에서 어쨌든 눈에는 보이되 인식은 되지 않는 그 차원에 대해 이야기하면 그들은 이렇게 말하지요. '아, 밝기 말이군.' 그래서 제가 '아니, 진짜 차원 말일세'라고 대답하면, 그들은 즉시 이렇게 대꾸합니다. '그럼 한번 측정해보게나. 아니면 그것이 어느 방향으로 확상되는지 말해주든.' 하지만 저는 뭐라고 해줄 말이 없습니다. 둘 다할 수 없으니까요. 어제만 해도 우리 나라 고위 성직자이신 의장 동그라미께서 주립 교도소를 시찰하러 왔다가 저에게 들렀답니다. 이번이 일곱 번째 연례 면담이었죠. 그가 저에게 '어떻게 내 모양이 좀 나아졌소?'라고 질문을 던졌을 때, 저는 다시 그의 길이와 넓이뿐 아니라, 그가 알지 못하는 '높이'도 있다는 걸 증명하려 했습니다. 그런데 그가 뭐라고 말했는지 아십니까? '당신은 내가 "높다"고 하는데 그럼 나의 "높이"을 측정해보시오. 그럼 당신의 말을 믿어볼 테니.' 참내, 제가 어떻게 측정할 수 있겠습니까? 무슨 수로 그의 요청에 응할 수 있었겠어요? 저는 다시 구석에 가서 쭈그려 앉았고, 그는 의기양양해져서 방을 나갔습니다.

　이 이야기가 여전히 생소하게 들리나요? 그렇다면 비슷한 입장이 되어보면 아실 겁니다. 4차원에 사는 어떤 사람이 정중히 당신을 찾아와 이런 말을 했다고 가정해보십시오. '당신은 눈을 뜰 때마다 평면(2차원)을 보면서 입체(3차원)를 추론합니다. 하지만 실제로 당신은 4차원도 보고 있는 거예요. 비록 인식하진 못하겠지만요. 그것은 색깔도 밝기도 그런 종류의 어떤 것도 아니지만, 진정한 차원입니다. 저는 당신에게 그것의 방향을 가리켜 보일 수도 없고, 당신은 그것을 측정할 수도 없지만 말입니다.' 방문자가 이렇게 말했다면 당신은 어떻게 반응했을까요? 그를 감옥에 가둬버리려고 하지 않았을까요? 맞습니다. 그것이 바로 제 운명입니다. 그리고 3차원을 선포했다는 이유로 사각형을 가두는 것은 우리 플랫랜드 사람들에게 당연한 일이죠. 당신들 스페이스랜드 사람들이 4차원에 대해 선교하는 정육면체를 어딘가에 가두는 것과 마찬가지로 말이에요. 아아, 차원을 막론하고 맹목적으로 박해를 가하는 인간들의 마치 가족과도 같은 유사성은 얼마나 강력한지요! 점, 선, 사각형, 입방체, 초입방체 할 것 없이 우리는 모두 같은 실수를 저지르기 쉽습니다. 우리는 모두 똑같이 각자의 차원에 관해 편견의 노예지요. 당신네 스페이스랜드의 어느 시인이 노래한 것처럼 말입니다.

'자연의 손길 한 번으로 모든 세계가 유사해지는구나.'"[5]

이상으로 보아, 사각형의 방어가 확고부동해 보인다는 점을 말하고 싶다. 이뿐만 아니라 도덕적 측면의 비판에 대한 그의 대답 역시 분명하고 설득력 있다고 말할 수 있다면 좋겠다. 그가 여성혐오자라는 이의가 줄곧 제기되어 왔고, 자연의 명령을 따라 스페이스랜드 인구의 과반수를 이루는 구성원들 또한 이를 강력하게 역설하는 만큼, 정말이지 나는 할 수 있는 한 이 비판에 해결하고 싶다. 하지만 내 친구인 사각형은 스페이스랜드의 도덕에 관한 전문 용어를 사용하는 데 익숙하지 않다. 따라서 만일 내가 이 문제에 관해 그를 변호하면서 그가 했던 말을 글자 그대로 옮긴다면 분명 그에게 공정치 못한 처사가 될 것이다. 나는 그의 통역자이자 대변가로 활동하면서, 7년의 감금 기간 동안 여성과 하층계급인 이등변삼각형에 관해 그의 개인적인 견해가 바뀌어온 과정을 모두 정리해두었다. 개인적으로 지금 그는 중요한 면에서 직선이 동그라미보다 우수하다는 구의 의견에 기울어져 있다. 그러나 역사가로서 글을 쓸 땐 플랫랜드 역사가들이 일반적으로 수용하는 견해에 (아마도 매우 깊이) 공감하고, 심지어 스페이스랜드 역사가들의 견해에 대해서도 (그것에 대해 잘 알고 있으므로) 공감한다고 밝혔다. 그들의 글을 보면, 아

---

5 저자의 요청에 의해 다음과 같은 사실을 덧붙인다: 이 문제에 대해 몇몇 비평가들의 오해가 있어, 구와의 대화 가운데 내용과 관련이 있지만 지루하고 불필요하다고 여겨 이전 판본에서 생략했던 일부 언급들을 추가하게 되었다.

주 최근까지도 여성과 인류 대중의 운명은 거론할 가치가 거의 없으며 신중하게 고려할 가치는 전혀 없는 것으로 여겨지는 듯하다.

한층 더 모호한 구절을 살펴보면, 그는 이제 일부 비평가들이 당연히 그에게 있으리라고 믿고 있는 동그라미적 성향, 즉 귀족적인 성향을 부인하려 한다. 그는 수세기 동안 무수한 동포들을 지배해온 소수 동그라미들의 지적 능력에 정당한 평가를 내린다. 하지만 플랫랜드의 현실은 그런 평가에 무관심한 채 스스로를 대변한다고 믿는다. 그의 믿음에는 혁명이 항상 학살로 진압될 수는 없다는 것이 플랫랜드의 실상이라는 것도 포함된다. 그는 또한 대자연이 동그라미에게 불임을 선고함으로써 그들이 궁극적으로 실패에 처할수밖에 없음을 분명하게 보여준다고 믿는다.

그의 말을 들어보자. "그리고 이러한 까닭으로 저는 모든 세계에서 위대한 법칙이 이행되고 있다고 봅니다. 인간의 지혜는 그것이 한 가지에만 작용하고 있다고 생각하지만, 자연의 지혜는 또 다른 무엇, 전혀 다르지만 훨씬 나은 무엇에 위대한 법칙이 작용하도록 만드는 것이지요." 그밖에도 그는 독자들에게 플랫랜드의 자잘한 일상의 모습들이 스페이스랜드의 다른 세부적인 모습들과 반드시 일치할 것으로 가정하지 말라고 간청한다. 또한 전체적으로 볼 때 그의 작업이 스페이스랜드의 온순하고 겸손한 사람들에게 재미와 시사성을 동시에 입증해 보이기를 희망한다. 그 사람들은 대단히 중요하지만 경험할 수 없는 것에 대해 말하면서 "그럴 리가 없어"라거나 "틀림없이 그렇고말고. 우린 그것을 아주 잘 알고 있지"라는 식의 말을 삼가는 이들이다.

THE END
OF
FLATLAND

The baseless fabric of this vision

Melted into air, into thin air

Such stuff as dreams made of

플랫랜드

초판 1쇄 발행 ｜ 2017년 4월 30일
초판 5쇄 발행 ｜ 2024년 2월 15일

지은이 ｜ 에드윈 A. 애벗
옮긴이 ｜ 서민아
펴낸이 ｜ 이은성
편 집 ｜ 문화주
디자인 ｜ 백지선
펴낸곳 ｜ 필로소픽

주 소 ｜ 서울시 종로구 창덕궁길 29-38, 4-5층
전 화 ｜ (02) 883-9774
팩 스 ｜ (02) 883-3496
이메일 ｜ philosophik@naver.com
등록번호 ｜ 제2021-000133호

ISBN 979-11-5783-077-0 03840

필로소픽은 푸른커뮤니케이션의 출판 브랜드입니다.